Lauren Strasnick

HEART BREAK LETTERS

16 GRÜNDE, DICH ZU HASSEN

Lauren Strasnick

HEART BREAK LETTERS

16 GRÜNDE, DICH ZU HASSEN

Aus dem amerikanischen Englisch
von Yvonne Hergane

Ravensburger Buchverlag

Bibliografische Information der Deutschen Nationalbibliothek:

Die Deutsche Nationalbibliothek verzeichnet diese Publikation
in der Deutschen Nationalbibliografie. Detaillierte bibliografische Daten
sind im Internet auf www.dnb.d-nb.de abrufbar.

MIX
Papier aus verantwortungsvollen Quellen
FSC® C114500

1 2 3 4 5 E D C B A

Deutsche Erstausgabe

Die englischsprachige Originalausgabe erschien unter dem Titel
»16 ways to break a heart« bei Katherine Tegen Books.
Published by arrangement with HarperCollins Children's Books,
a division of HarperCollins Publishers.
Das Zitat auf S. 7 wurde von Grete Rambach aus dem Englischen übersetzt.
Lektorat: Franziska Jaekel
Umschlaggestaltung: Favoritbüro, München
Verwendete Fotos von © Inna Mosina/Trevillion Images, © Happetr/
Shutterstock, © Le Panda/Shutterstock und © siam sompunya/Shutterstock

Printed in Germany

ISBN 978-3-473-40162-8

www.ravensburger.de

Für Nica

Nicht Elend, Erniedrigung und Tod, nichts, was Gott oder Satan uns zufügen konnten, hätte uns trennen dürfen. Du, du tatest es aus freiem Willen. Ich habe dir nicht das Herz gebrochen, du hast es gebrochen, und damit hast du auch meines gebrochen.

Emily Brontë, Sturmhöhe

1

Los Angeles, Mittwoch, 3. Mai 2017, 15:45 Uhr

Lieber Dan,

hier kommt ein Lebenszeichen vom Ex-Freundinnen-Friedhof!

Ich schreibe dir aus dem Café der Dayview, von dem winzigen Tisch ganz hinten, du weißt schon, dem Korbtisch, den du nicht leiden kannst, weil er so wackelt? Der Laden ist wie ausgestorben. Ich hätte mich auch draußen hinsetzen können, unter einen Bougainvillea-Busch, oder drinnen an einen Tisch am Fenster, von wo man gut auf den Platz rausschauen kann – aber nein, ich kleckere stattdessen warme Milchkaffeepfützen auf mein schönstes Briefpapier, weil dieser schäbige kleine Tisch mich an unser allererstes Treffen erinnert. Du hast mich angerempelt, weißt du noch? Und ich bin gegen die Theke mit Kaffeesahne und Gewürzen gekracht. Wenn das nicht megaromantisch war! Aus dem Lautsprecher dröhnte irgendwas Lautes, Jazziges, die Sorte Musik, die mir immer das Gefühl gibt, eine sexy Französin zu sein, eine Studentin mit prallen Lippen, die auf dem Wochenmarkt Pfingstrosen kauft und an einem Baguette knabbert, während sie nebenher Gauloises raucht und Proust liest. Du hattest deine schickste Baskenmütze auf. Okay, das stimmt nicht. Du hast mir mit deiner Jeans und dem karierten Hemd voll das Traumbild zerstört. Aber ich fand dich trotzdem süß. Ich dachte, du bist so ein Typ, der feuchte Augen kriegt, wenn er Filme über inspirierende Sportlerschicksale guckt. Der seine Mutter liebt. Der seine Kumpels stolz in den Arm nimmt und ihnen auf den Rücken klopft.

»Scheiße!« Du hattest mich von seitwärts unten erwischt, sodass mir eine fette Ladung süßer Sahne auf die Schuluniform klatschte.

»Tut mir echt leid«, sagtest du, während ich mir ohne jede Anmut Milchklümpchen vom Rock zupfte. »Wie kann ich das wiedergutmachen? Darf ich dir was kaufen?«

»Ein Pony vielleicht?«

Lachend hast du mir stattdessen einen Kaffee spendiert. Normalerweise lasse ich mir nie was spendieren, aber als unsere Blicke sich trafen, sangen in mir die Engel und ich wusste sofort, dass ich mich in dich verlieben würde. Alexa behauptet, sie hätte mal dasselbe erlebt, mit einem Typen, den sie in der Restaurantmeile der Glenddale Galleria kennengelernt hat. Aber sie irrt sich. Was an dem Tag zwischen uns passiert ist, war … eine Offenbarung. Eine Revolution. Ich spürte schon beim allerersten zögerlichen Blick, wie unsere Seelen miteinander verschmolzen, unsere Körper zusammenpassten, und ich schwöre dir, Dan, ich hab schon in dem Moment Abschlussballkleider und Freundschaftsringe vor mir gesehen, und unsere gemeinsame Zukunft entfaltete sich wie ein riesiger Bauplan vor meinem inneren Auge.

Du und ich, wir waren eine Unausweichlichkeit.

Weißt du noch, was danach passierte?

Wir haben uns an den winzigen Tisch gesetzt und über die Dayview gesprochen. Du hattest damals diesen Job, bei dem du zwei Nachmittage pro Woche nach der Schule Kinder mit schweren Entwicklungsverzögerungen betreut hast.

»Und was genau machst du mit ihnen?«, fragte ich.

»Meistens stehe ich ihnen bei sportlichen Aktivitäten zur Seite. Schwimmverein, Staffelläufe, Basketball … Einige von ihnen sind sehr kräftig und nicht leicht zu *händeln. Ich bin dann sozusagen als Hilfskraft für die Lehrer und Trainer da.«*

»Ich mach so was Ähnliches«, sagte ich, obwohl das überhaupt nicht so ähnlich war. Seit ich zur Highschool ging, arbeitete ich ehrenamtlich in einem Kunsttherapie-Programm der Eagle Hill, Dayviews Schwesternschule. Beide Programme teilten sich einen Campus. Und eine Cafeteria. Und ein von Schülern geführtes Café. »Ich mache Kunsttherapie mit den Kindern. Aber im Gegensatz zu deinen haben meine keine körperlichen Defizite, sondern eher welche im sozialen Bereich.«

»Also zeichnest du mit ihnen?«

»Ja, manchmal. Manchmal machen wir auch Skulpturen. Oder malen mit Öl und Acryl.«

»Echt cool, dass du das ehrenamtlich machst, deine Zeit dafür einbringst.«

»Ach, im Grunde ist das eine ziemlich egoistische Nummer«, sagte ich. »Fühlt sich gut an, gebraucht zu werden.«

»Das glaub ich nicht.«

»Doch, ist so«, beharrte ich. »Wirklich wahr.«

Dann quatschten wir über alle möglichen anderen Sachen – Schule, kleine Katzen, Grunge Rock (»Pearl Jam ist meine Lieblingsband! Wir sollten eine Nineties-

Revival-Band gründen!«), Geister, Kolonialismus, echte Männlichkeit und …

»Schon mal ein Gesetz gebrochen?«, fragte ich dich.

»Nö. Ach, doch! Ich hab bei der letzten Wahl mitgemacht.«

»Ha. Schon mal jemandem vor die Füße gebrochen?«

»Noch nie.«

»Schon mal jemandem das Herz gebrochen?«

»Niemals. Außerdem bist DU doch hier die Herzensbrecherin«, sagtest du und warfst mir kopfschüttelnd einen langen Blick zu. »Das steht dir ins Gesicht geschrieben.«

»Kannst ruhig aufhören, mir zu schmeicheln.« Ich lehnte mich zurück und nippte an dem Mokka Latte, den du mir spendiert hattest. »Stimmt nämlich nicht. Ich bin immer diejenige, der das Herz gebrochen wird.«

»Dafür bist du viel zu schön.«

»Ist das dein Ernst?« Strahlend tauchte ich meinen kleinen Finger in deinen Cappuccino und leckte mir den Schaum davon ab.

So eine verführerische, sexy Geste hatte ich noch nie gemacht, und du bist voll drauf abgefahren. Du hast die Augen aufgerissen und die Kinnlade runtergeklappt … und ich fühlte mich wie high. Kühn und stark und, wenn ich ehrlich bin, ziemlich heiß. Aber dann sagtest du mit diesem selbstgefälligen Grinsen, das ich inzwischen nur zu gut kenne: »Was bist du eigentlich für ein seltsames Mädchen?«

Scheiße, Dan, was sollte das denn für eine Frage sein? Du hast dabei gelächelt, als müsste ich den Witz verstehen, also lächelte ich zurück, aber eigentlich hätte ich die Situation so sehen sollen, wie sie wirklich war, nämlich dass du die rote Warnflagge geschwenkt hast. Ich meine, ich hatte es gewagt, was Gewagtes zu machen. Was Kesses, Neckisches. Und schon kommst du mit der Planierraupe deines vorschnellen Urteils und machst mein kleines freches Pflänzchen dem Erdboden gleich. Mir war das so peinlich, aber das ließ ich mir natürlich nicht anmerken, um ja nicht den winzigen Funken zu ersticken, der zwischen uns aufgeflackert war. Ich fand dich so toll, dass der Gedanke, dich zu verlieren, mir schon zu diesem frühen Zeitpunkt einfach unerträglich schien. Ich liebte deine Stimme und deine Hände und deine Sprechmelodie und die Art, wie deine Lippen sich zu einem kleinen Schmollmund rundeten, wenn du »Ooh« sagtest. Ich sah uns schon innerlich vor mir, wie wir uns küssten und berührten, KÜSSTEN und BERÜHRTEN, und ich spürte diese unmittelbare, rätselhafte Intimität zwischen uns, die mich völlig willenlos machte, verdammt. Was das war? Schicksal? Magie? Oder doch *nur der stinknormale Cocktail aus Dopamin und Adrenalin?*

Dann der Spaziergang zur Eagle Hill. DER SPAZIERGANG.

Unsere Finger streiften sich, und ein wie kohlensäurehaltig spritziger elektrischer Strom zischte durch meinen Körper, schlängelte sich meine Arme hoch und durch meine Brust wieder hinunter zum Bauchnabel. Du hast nervös vor dich hin gebrabbelt, irgendwas über ein Buch von Hemingway oder Steinbeck, das du für den Literaturkurs lesen musstest und nicht ausstehen konntest. Ich wollte dich so gern noch mal berühren, das Gefühl von vor ein paar Sekunden wieder auferstehen lassen, aber schon war's zu Ende. Wir standen vor dem Kunstgebäude und starrten auf die Betonmauer statt einander in die Augen.

»Danke schön«, sagte ich, biss mir auf die Innenseite der Wangen und zwirbelte eine Haarsträhne um den Finger. Ich war gleichermaßen high wie hilflos, hundertprozentig davon überzeugt, meinen Seelenverwandten gefunden zu haben, und gleichzeitig voller Angst, dich nie wiederzusehen.

»Wofür?«, fragtest du. »Dafür, dass ich deine Uniform eingesaut hab?«

Ich nickte. Wir sahen einander eine endlose Sekunde lang an.

»Hast du ein Handy in deiner Tasche da?«

»Jep.« Happy holte ich mein Handy raus, speicherte deine Nummer ein und spielte den Ball mit einer SMS direkt zurück in dein Feld.

»Na dann … Vielleicht laufen wir uns ja mal wieder über den Weg.«

Vielleicht laufen wir uns ja mal wieder über den Weg? VIELLEICHT LAUFEN WIR UNS JA MAL WIEDER ÜBER DEN WEG?! Kein Kuss, kein sexy Abschiedswort, gar nichts? Mein Herz wummerte wie wild. Ich widerstand dem Drang, mich auf dich zu stürzen, deine Lippen zu verschlingen, dir die Haare zu zerraufen, dir mit meinen stumpfen Kindereckzähnen das glatt gebügelte Hemd vom Leib zu fetzen.

»Klar«, raunte ich und winkte dir nach. »Vielleicht.«

Wir hatten einen irre vielversprechenden Start, Dan, findest du nicht? Wer hätte ahnen können, dass es dann so enden würde?

Explosiv, verheerend, niederschmetternd.

Deine Natalie

Dan, 6:06 Uhr

Ich mag ja vieles sein – Gelegenheitslügner, Rund-um-die-Uhr-Feigling, Vielleicht-Betrüger und an besonders üblen Tagen wie heute auch ein Häuflein Elend –, aber eines bin ich ganz sicher nicht: ein frauenverachtendes Arschloch. Ich hab diesen Augenblick im Café *geliebt* – ihre rosa Fingerspitze in meinem Kaffee, das spitzbübische Aufblitzen ihrer Augen –, und ich finde es zum Kotzen, dass sie ihn jetzt mit ihrer schwarzen, verzerrten Voodoo-Wahrnehmung beschmutzt, dass sie einen der besten Momente unserer Beziehung im Nachhinein in etwas Düsteres, Böses verwandelt.

Aber so macht sie das immer. Ist wohl ihre besondere Art von Magie: etwas Schönes in die Hand zu nehmen und zu Staub zu zermalmen.

Einschließlich sich selbst.

Ich knülle den Brief zusammen und betrachte dann die fünf anderen, die mit ihm angekommen sind – nummeriert, ordentlich aufeinandergestapelt und mit einem Satinband zusammengebunden. Dramatisch, oder? Ein morgendliches Überraschungsgeschenk, das sie mir aufs Bett gelegt hat, als wäre sie die verdammte (Monster-)Zahnfee höchstpersönlich. Wie zum Teufel ist sie überhaupt in mein Zimmer reingekommen? Teleportation? Schlüsselbund mit

Dietrichen? Ich schaue nach links zu meinem Fenster – das kaputt ist, seit sie letzten Frühling nach einem unserer heftigeren Streits versucht hat, es zu zerschlagen. Wahrscheinlich hat sie das Päckchen Briefe durch den Spalt geworfen, der immer noch zwischen Fenstersims und Fliegengitter klafft. Sehr schlau, Nat. Très gruselig.

Ich schnappe mir die Briefe und folge dem leisen Gurgeln der laufenden Kaffeemaschine in die Küche. Meine Schwester Jessa ist offenbar schon auf und klappert im oberen Badezimmer herum. Mein Vater ist weg – er verlässt schon morgens um fünf das Haus, um vor der Arbeit noch eine Runde im Fitnessstudio einzulegen.

Ich stecke eine Scheibe Roggenbrot in den Toaster, dann schmeiße ich die Briefe hastig in den Ofen.

Natalie und ihre Spielchen.

Sie weiß, dass mir heute ein großer Tag bevorsteht. Abschlussfeier an der Dayview – und Höhepunkt meines Films. Ein Jahr lang habe ich Ryan Espinosa mit meiner Kamera auf Schritt und Tritt begleitet, habe seine Erfolge und Rückschläge festgehalten, jedes Hoch und jedes Tief dokumentiert, jede Sitzung bei seinen Sprach- und Verhaltenstherapeuten. Heute um siebzehn Uhr wird Ryan zusammen mit zwölf Mitschülern, die mit ihren zweiundzwanzig Jahren das Alterslimit des Schulsystems erreicht haben, seinen Schulabschlusshut und sein Diplom verliehen bekommen, Torte essen und feiern. Und seine Mutter wird weinen. Und ich werde bei ihnen sein und jede Träne digitalisieren.

Der Toaster plingt.

Okay, ich tauge nichts als Freund, da hat sie recht. Ich habe versucht, ihr zu gefallen, sie zu beeindrucken, ihr alles recht zu machen – und habe versagt. Aber wie soll man jemanden wie Natalie überhaupt zufriedenstellen? Sie ist das personifizierte Paradoxon, euphorisch und gleichzeitig völlig down, heiß und gleichzeitig kalt, dünnhäutig und verletzlich, aber hinter ihrer dicken Seelenmauer total verschlossen. Eine furchterregende, manische, durchgeknallte, unergründliche, sexy Mathe-Aufgabe, die ich vergeblich zu lösen versucht habe. Ich bin durch damit.

Ich klappe die Ofentür auf und beäuge misstrauisch die Briefe. Soll ich? Soll ich die Büchse der Pandora öffnen und alle sechs Nachrichten lesen?

Auf den Spott, das schlechte Gewissen, die Schuldzuweisungen, die Scham, auf all das könnte ich gut verzichten. Aber es ist so gut wie unmöglich, diese einmalige Gelegenheit verstreichen zu lassen, ihre Version der Geschichte zu hören. Mein neugieriger Geist will es wissen: Hat sie mich durchschaut? Kennt sie die echte, hässliche, schmutzige Wahrheit hinter der Fassade?

Ich weiß nicht mal, welche Antwort ich mir erhoffe.

Messenger-Unterhaltung,
Mittwoch, 2. Dezember 2015, 18:43 Uhr

Dan
Ich muss die ganze Zeit an Algerien und Eddie Vedder denken.

Natalie
Lügner. Hab mal Arsch in der Hose. Woran denkst du wirklich?

Dan
An die Maske der Männlichkeit in unserer Gesellschaft.

Dan
Okay, an DICH.

Natalie
1+. Und jetzt frag mich endlich, ob ich mit dir ausgehen will.

Textnachricht, Freitag, 19. Mai 2017, 7:16 Uhr, von Ruby Lefèvre an Dan Jacobson

Wir müssen reden. Dringend.

Chat, Donnerstag, 2. Juni 2016, 23:42 Uhr

Arielle_Schulman: Du bist süß ☺

Arielle_Schulman: War'n Witz, du bist ätzend.

Arielle_Schulman: Hallo …? Dan??

DanBattlePlan hat sich ausgeloggt.

2

Los Angeles, Donnerstag, 4. Mai 2017, 11:35 Uhr

Lieber Dan,

hier drei Hinweise: Mir ist kalt, mir ist schwindelig, ich drehe mich wie wild im Kreis!

Na, schon eine Vermutung? Wie findest du diese rasante Achterbahnfahrt entlang des Boulevards der Erinnerungen? Schön, oder?

Okay, ich verrat's dir: Ich bin auf dem Spielplatz beim Stausee und bereite die gedankliche Neuauflage unseres zweiten Dates vor. (Na ja, genau genommen war es das erste Date. Das Dayview-Treffen kann man ja nicht wirklich als Date bezeichnen, oder?)

Hast du alles vor Augen? Die Schaukeln, die Rutschen, den unebenen Asphalt, den zertrampelten Rasen? Heute sprüht der Platz hier nur so vor Leben, überall wuchern

Jasmin und lila Blauregen. An dem Abend, als wir damals hier waren, war es kalt und dunkel. Wir waren den ganzen Tag um den Silver Lake herum geschlendert, hatten Kakao geschlürft, uns Geheimnisse anvertraut, einander von unserer sexy Schokoladenseite gezeigt. Ich war die bezaubernde Kunstbegeisterte, die gerade mit einer riesigen Collage in der Nachwuchskünstler-Ausstellung des Getty Museums vertreten war. Du warst der Dokumentarfilmer mit dem scharfen Auge Schrägstrich der sozial engagierte Überflieger in allen Bereichen. Wir waren dazu bestimmt, uns ineinander zu verlieben, meinst du nicht auch? Der aufgehende Stern und der Heilige? Der perfekte Traummann und die verrückte Künstlerin?

»Also noch mal …« Ich wollte einfach alles über dich erfahren – deine Ziele, deine Träume, deine schmutzigen Geheimnisse, deine Wertvorstellungen. Also fragte ich und fragte. »Wie kommt es, dass du diesen Job …?«

»Meine Mutter war Krankenschwester an der Dayview«, hast du geantwortet, noch bevor ich die Frage zu Ende gestellt hatte. »Sie hatte eine Schwäche für Kinder mit Entwicklungsverzögerungen und so. Sie lebt nicht mehr.«

»Oh.«

Du sahst auf einmal am Boden zerstört aus.

»Das tut mir leid«, sagte ich, nahm deine Hand und

drückte sie. »Woran ist sie gestorben?« Das ging ein bisschen weit, ich weiß, aber wir standen doch am Anfang einer großen, magischen Verbindung. Wozu mit irgendwelchen Trost-Plattitüden Zeit vergeuden?

»Krebs.«

»Kommst du damit klar?«

Du zucktest hilflos die Schultern. »Seh ich so aus?«

Ich musterte dich, die perfekte Mischung aus Junge und Mann, groß und breitschultrig und mit den Gesichtszügen einer marmornen Götterstatue. »Du siehst umwerfend aus.«

Dein Mund verzog sich zu einem breiten, albernen Grinsen, und auf einmal kannte ich mein neues Lebensziel: dich jeden Tag so zum Lächeln zu bringen, bis in alle Ewigkeit. »Also …«, sagtest du. »Du machst Collagen?«

Ich zog meine Jacke über der Brust zusammen. Es war vier Uhr nachmittags und fast schon dunkel, die Stadt blitzte im Schein unzähliger Lichterketten und schimmernder Weihnachtsdekorationen. »Genau.«

»Aus was? Sachen, die du aus Zeitschriften ausschneidest und so?«

»Klar, manchmal auch so was.« Die Straße bog in eine kleine Wohnsiedlung ab. Meine Füße, die ich am Morgen in meine süßesten, kleinsten Ballerinas gequetscht hatte,

taten höllisch weh. »Meistens mache ich Porträts. Mädchengesichter, die aus lauter Mädchengesichtern bestehen.«

»Das hat mir jetzt gerade das Gehirn gesprengt.«

Ich lächelte. »Im Grunde sind es ganz viele kleine Kopien, die auf buntes Tonpapier aufgeklebt werden. Aber können wir mal 'ne Pause machen.«

»Von dem Thema Collagen?«

»Nein, vom Laufen.« Ich bot dir keine Erklärung, weil ich sicher war, du würdest mich für total bescheuert halten, wenn ich dir von meiner Vorliebe für unpraktisches Schuhwerk erzählt hätte.

»Ja, klar.« Du zeigtest auf einen Park – DEN Park, UNSEREN Park –, der nur wenige Schritte entfernt lag. »Wollen wir was spielen?«

»Verstecken oder was? Oder meinst du eher Rätsel und so was?«

»Komm mal her.« Du zogst mich mit zu einem metallenen Karussell in Hosenscheißergröße. »Willst du?«

Na logisch wollte ich. Ich hielt mich an den Stangen fest und wartete darauf, ins Reich des Vergessens gewirbelt zu werden. Und du hast abgeliefert, hast mich gedreht und gedreht, und ich hab mich zurückgelehnt, meine Haare wild flattern lassen und zu den über mir wirbelnden Sternen hochgeschaut.

»Und?« Du hast das Karussell allein ausdrehen lassen, bis es langsam eiernd zum Stillstand kam. »Reicht das?«

»Niemals.«

Du hieltest meinem Blick stand, und der Moment fühlte sich an wie eine Ewigkeit.

Und dann hast du mich geküsst.

Ich hätte hinterher nicht mal sagen können, wie es genau dazu gekommen war. Ich war immer noch total berauscht und benommen von der Karussellfahrt. Deine Lippen fühlten sich heiß und samtig an und deine Hände waren einfach überall, auf meinem Gesicht, auf meinen Hüften, in meinen Haaren. »Ich steh total auf dich«, hast du in meinen Jackenkragen geflüstert.

So ein Glücksgefühl hatte ich noch nie erlebt.

»Geht mir genauso«, sagte ich und legte mein Kinn auf deine Schulter. Unsere Körper fügten sich ineinander wie zwei Puzzleteile.

An dem Abend fühlte sich alles richtig und schicksalhaft an, nicht wahr? Als hätten uns die Götter des Silver Lake Erholungsparks grünes Licht gegeben, einander zu lieben. Nur dass ich jetzt, achtzehn Monate später, auf einmal klüger bin. Wie sich herausgestellt hat, ist dieser Park eben auch nur ein Park. Ein sonniger, von nölenden

Kleinkindern und erschöpften Eltern überrannter Ort. Heute gibt's keinen zunehmenden Mond, keine süßen Küsse, keine kühle Nachtluft. Keine wirbelnden Sterne und aufregenden Möglichkeiten, die man plötzlich darin zu erkennen meint.

Ich sehe ein paar Kindern bei einem Fangspiel zu, das Versteinern heißt. So ein Winzling jagt hinter einer vielleicht sechsjährigen Kreischsäge mit blonden Zöpfen her. Sie schreien beide vor Vergnügen, taumeln und schlagen Haken und sind ganz außer Atem. So sieht er nämlich aus, der Hals-über-Kopf-Verguck-Teil der Geschichte, stimmt's? Der Nervenkitzel der Jagd, die Vorfreude auf die Beute ... Der Kick, selber der Gejagte zu sein ... Rasant und berauschend und zum Verrücktwerden aufregend.

Aber was passiert, wenn du das Mädchen endlich gefangen hast, Dan? Na? Wenn du sie wirklich in den Händen hältst, ganz echt und aus Fleisch und Blut, und sich rausstellt, dass sie sich ebenfalls in dich verliebt hat?

Irgendwie ist sie auf einmal eine Enttäuschung, stimmt's? Viel zu zerbrechlich und verletzbar und voller Fehler. Also würdest du am liebsten »Sayonara, Baby!« sagen, aber ihr spielt schließlich Versteinern, schon vergessen? Du kannst weiterlaufen, aber sie nicht. Nein, das blonde Zopfmädchen kann sich nicht bewegen, sie steht wie zur Salzsäule erstarrt da und zermartert sich das Hirn auf der Suche nach der Antwort auf die Frage, was sie bloß falsch gemacht hat, dass du aufgehört hast, sie zu lieben.

Echt lustiges Spiel, oder?

Nicht für mich, Dan. Betrachte diesen Brief als offizielles Kündigungsschreiben.

Ich bin raus aus dem Spiel.

Nat

Dan, 6:17 Uhr

Ich hab den Kuss ein bisschen anders im Gedächtnis.

Ich kann mich an das Davor und das Dazwischen erinnern. An die Zeit zwischen Dayview und Erholungspark. An die Vorfreude, die Nervosität, die Besessenheit, das ständige Durchspielen aller Fantasien im Kopf. Ich meine, dieser Kuss ist nicht einfach so passiert. Ich hab ihr haufenweise Nachrichten geschrieben, hab sie gegoogelt, hab ihr Katzenfotos mit witzigen Textzeilen geschickt. Ich wollte sie, damit hat sie recht. Und wenn man das Ganze rein technisch betrachtet, okay, dann könnte man es sicher auch Jagd nennen.

Aber ab diesem Punkt befindet sich Nat im Irrtum. Ich habe sie nie gefangen. Weder an diesem Abend noch jemals später in unserer Beziehung, noch nicht mal während der Trennungsphase. Und zwar weil dieses Mädchen einfach nie stehen bleibt. Sie ist immer in Bewegung, unmöglich einzufangen, ein wildes, raffiniertes Ding, das keineswegs – das möchte ich mal klarstellen – der kleine süße Bummelzug ist, als den sie sich gerne präsentiert. Sie ist eine Concorde, die nonstop mit Überallgeschwindigkeit fliegt. Diesen Elan, diese unaufhaltsame Energie, fand ich anfangs besonders anziehend an ihr. Ich wollte so gern neben ihr herfliegen, also ja, ich hab sie gejagt. Aber man muss auch wissen, wann man aufhören sollte, oder nicht? Vielleicht ist das eine Schwäche. Vielleicht bin *ich* schwach. Aber ich hatte irgendwann einfach keine Lust mehr, ihr nachzurennen.

Zwei Briefe abgehakt, noch vier zu lesen. Scheiße, ich kann immer noch nicht damit aufhören.

Ich stecke den Brief wieder in den Umschlag zurück und checke schnell mein Handy. Wieder eine Nachricht von Ruby: RUF MICH AN.

Ich rufe nicht an.

Ich schalte das Handy aus, versenke das schmutzige Geschirr im Spülbecken und gehe nach oben, um zu duschen. Natalie blitzt vor meinem inneren Auge auf – den Kopf in den Nacken gelegt, die Haare fliegend. Sie sah an dem Abend so schön aus. Glücklich und frei. Vielleicht hab ich alles falsch gemacht. Es mir zu leicht gemacht. Ich hätte mehr kämpfen sollen, statt mich in die Horde der feigen Arschlöcher einzureihen, die sich verpissen, sobald Probleme auftauchen.

Ich könnte sie jetzt anrufen und reinen Tisch machen, zugeben, dass ich einen Fehler gemacht habe, sie um Verzeihung bitten – und dann könnten wir es vielleicht, wirklich nur vielleicht, noch mal miteinander versuchen?

Oder auch nicht.

Denn die Wahrheit ist: Mein Leben war in den vergangenen Wochen – ohne Natalie – herrlich ruhig und frei von jeglichen Dramen. Unsere Beziehung war wie ein Riesenkarussell, schnell und aufregend, aber eben auch total schwindelerregend. Egal wie oft wir uns im Kreis drehten, am Ende landeten wir doch wieder an derselben Stelle. Ich kann unmöglich dahin zurück. Ich hab es satt, mich ständig im Kreis zu drehen.

»Betrachte diesen Brief als offizielles Kündigungsschreiben. Ich bin raus aus dem Spiel.«

Ich bleibe vor der Badezimmertür stehen und spule die letzten Zeilen ihres Briefes zurück. *Raus aus dem Spiel. Kündigungsschreiben.* Sollen das irgendwelche Anspielungen sein? Mein erster Impuls ist, ins Auto zu steigen und zu ihr zu fahren, um mich zu vergewissern, dass ihr Bedürfnis nach Drama sie nicht an einen dunklen, spektakulären Ort katapultiert hat. Aber dann rufe ich mich selbst zur Räson und beherrsche mich. Die Andeutungen zwischen den Zeilen, die nur schlecht kaschierten Drohungen … Das ist alles nichts Neues. Sondern, wie Ruby es formulieren würde: »Typisch Nat.« Sie manipuliert mich, ködert mich mit meinen eigenen Schuldgefühlen, und schon tanze ich nach ihrer Pfeife.

Aber diesmal nicht. Diesmal falle ich nicht drauf rein.

Die Natalie-Fierro-Achterbahn kann gern ohne mich weiterfahren. Ich steige aus.

E-Mail, Freitag, 18. Dezember 2015, 17:33 Uhr

Von: Alexa McKay

An: Natalie Fierro

Okay, ich hab ihn gegoogelt und du hattest vollkommen recht, er ist umwerfend. Bodenständig und kumpelhaft, aber auf eine traurige, seelenvolle Art. Das passt. Ich hoffe, er trägt dich auf Händen, Nat, echt, denn du hast es wirklich verdient. Vor allem nach den ganzen Katastrophen mit Wie-hieß-er-gleich-noch? Und mit diesem anderen A-Loch, dessen Namen ich jetzt nicht nennen will.

ABER.

Aber!

Süße, ich vermiss dich! Wollen wir uns dieses WE mal treffen? BITTE! Pizza? Rollschuhlaufen? Shoppingmarathon mit zehn Promille Koffein im Blut? Dein hübscher Boyfriend wird dich ja wohl mal einen einzigen mickrigen Abend entbehren können, oder?

XXX, Lex

Textnachricht, Montag, 21. Dezember 2015, 22:54 Uhr, von Natalie Fierro an Alexa McKay

Lex, ich weiß, ich bin 'ne treulose Tomate und 'ne echt miese Freundin! Tut mir leid!!! Kannst du mir noch mal verzeihen? Ich war am WE mit ihm zusammen und hab null auf die Zeit geachtet …

Post-it-Zettel an Natalies Zimmertür, Dienstag, 29. Dezember 2015, 15 Uhr

Schnuffi, Alexa hat wieder auf dem Festnetz angerufen.
Sie sagt, auf dem Handy erreicht sie dich nie.
Ruf sie doch mal an.
PS: Ich lass dir einen Zwanziger hier, damit du dir was zu essen bestellen kannst. Mom und ich sind heute auf der Benefizveranstaltung im Redcat. Morgen Abend sind wir dann mit den Sobels verabredet.
Dad

3

Los Angeles, Freitag, 5. Mai 2017, 19:14 Uhr

Novio, ich hab heute vielleicht eine Stimmung …

Ich liege hier auf dem mit Serviettenkleber vollgekleckstEn Boden in meinem Atelier und sehne mich zum Herzzerreißen verzweifelt nach der Leichtigkeit unserer Anfangszeit zurück. Kannst du dich dran erinnern, wie sich unsere Liebe angefühlt hat, bevor wir sie mit unserer kleinkarierten Scheiße zugekleistert haben? Ich rede von den Vor-Sex-Tagen, an denen jeder Kuss sich wie ein Erdbeben anfühlte und jede noch so flüchtige Berührung wie der Schlag aus einer glückselig machenden Taser-Waffe. Weißt du noch, wie du das erste Mal in mein Atelier gekommen bist? Dan, ich schwöre, nackt vor dir zu tanzen, wäre mir leichter gefallen. Ich hatte solche Angst, dass du schreiend davonrennst, wenn du meine Collagen siehst, die bruchstückhaften, merkwürdigen Porträts, mit denen die Wände und die Betondecke tapeziert waren. Mädchen über Mädchen, aus Teilen anderer Mädchen zusammengesetzt: hübschen, hässlichen, schlafenden, sterbenden. Aus Schuhkatalogen ausgeschnittene Füße, die ich zu langen, elegant geschwungenen Hälsen zusammengepuzzelt hatte, große Schmolllippen aus nackten Brustwarzen, die ich aus Pornozeitschriften ausgeschnitten hatte.

»Wow!«, war erst mal alles, was ich von dir zu hören bekam. Du hast inmitten des Ateliers gestanden, dich im Kreis gedreht und jedes Porträt mit aufgerissenen Augen angestarrt.

»Du findest sie gruselig, oder?« Ich hasste mich selber und fragte mich, wie lange es dauern würde, bis du den Rückzug aus unserer Beziehung antreten würdest. Jetzt hattest du meine Arbeit gesehen, mein wahres Ich, und ich fragte mich, was dir durch den Kopf ging: Wer ist diese durchgeknallte Künstlerin, mit der ich zusammen bin? Wie kann man so psycho sein, seine Wochenenden damit zu verbringen, Fotos von zerstückelten Körperteilen zu sogenannten Kunstwerken zusammenzupappen?

Aber stattdessen sagtest du: »Das ist ja der Wahnsinn!« Du hast dich ganz nah vor mein neuestes Projekt gestellt, ein halb fertiges Porträt von Lex, an dem ich schon seit Wochen arbeitete. »Diese ganzen Strukturen, die Betonung der Details … Irre, wie zum Teufel machst du das?« Eine Welle der Erleichterung schwappte über mich hinweg. »Wie hast du das hingekriegt, dass die Wangen so aussehen, als würde das Mädchen erröten?«

»Das ist Alexa«, sagte ich hastig. Es war geplant, dass ihr euch an dem Tag kennenlernt. Wahrscheinlich wartete sie schon in der Wurstküche um die Ecke auf uns. »In einer Viertelstunde kannst du das Original mit der Kopie vergleichen.«

»Diese Schatten …«

»Ist doch nichts Besonderes.« Langsam stiegen mir deine Lobeshymnen zu Kopf, mir war ganz heiß und schwindelig. »Man braucht nur ziemlich viel Geduld, es dauert lange, bis man die richtigen Farbschattierungen gefunden hat.«

Da hast du nach mir gegriffen und mich an dich gezogen, und es fühlte sich an wie eine filmreife Tanzszene. »Manchmal machst du mir ein bisschen Angst, Fierro.«

In meinem Magen rumorte es, mir wurde ganz anders. Jetzt würde er also doch kommen, der Moment, vor dem ich mich gefürchtet hatte, der Moment, in dem du gestehen würdest, dass du doch eher auf süße, schüchterne Mädchen stehst als auf durchgeknallte Freaks, die ihr Leben mit einer Schere in der Hand verbringen. »Ich mach dir Angst?«

»Ja.« Du beugtest dich vor und tipptest meine Nase mit deiner Nasenspitze an.

Ich hob zögerlich den Kopf, unsere Lippen berührten sich leicht.

»Also, dein Gehirn zum Beispiel …«, hörte ich dich raunen.

»Was ist mit meinem Gehirn?«

Und auf einmal küssten wir uns, du drücktest mich gegen ein winziges Porträt, das ich von unserer Putzfrau Mariella gemacht hatte.

»Irgendwie hast du wohl ein besseres abgekriegt als der Rest von uns.«

Meine Schulterblätter ließen die Leinwand wackeln. »Das stimmt nicht«, sagte ich, und es stimmte wirklich nicht. Später würdest du das begreifen – dass mein Gehirn ein verdammtes Labyrinth voller Sackgassen und dunkler Höhlen ist.

»Doch, das stimmt«, sagtest du und nahmst mein Gesicht in beide Hände. »Ehrlich, Nat, du bist ein Star.«

Ein STAR, Dan, Scheiße, genau das hast du gesagt. Ich bin fast implodiert vor Freude. Gibt es was Schöneres, als gesagt zu bekommen, dass man der tollste Mensch ist, der einem je begegnet ist?

»Unsinn«, sagte ich, gab mich bescheiden und süß und auf coole Art unehrgeizig, als wäre mir noch nie der Gedanke gekommen, mich der Kunst mit ernsthafter Hingabe zu widmen. Ich verleugnete meine Ziele – Ruhm, Anerkennung, eine Zukunft als Künstlerin –, weil ich dachte, du würdest mich mehr respektieren, wenn ich bescheiden und zurückhaltend wirke. Ich fand es so großartig, wie du meine Interessen und Talente bewundert hast, und wollte das nicht dadurch zerstören, dass ich dir die Wahrheit sage, nämlich dass ich tatsächlich auf geradezu beschämende Weise ehrgeizig bin. Es war schon immer mein Ziel, als Künstlerin berühmt zu werden, seit ich als kleines Kind in Maes giftigen Ölfarben herumgepatscht habe. Die Innenseite der Rückwand meines Kleiderschranks ist eine geheime Traumtafel, die mit Fotos von der Art Basel *und der* Whitney Biennial *gepflastert ist. Das bin ich und das werde ich wohl auch immer sein, angetrieben von dem Wunsch, den Erfolg meiner Mutter zu toppen.*

»Nat …« Ganz sachte hast du mich berührt, deine Finger über meine höckerige Wirbelsäule nach oben wandern lassen, und meinen Namen in die Senke meines Schlüsselbeins geflüstert.

Ich fühlte mich auf wunderbare Weise bestätigt und geradezu irrsinnig erregt, und dieses Gefühl vermisse ich jetzt, Dan. Selbst an Tagen, an denen ich dich hasse, denke ich an solche Momente zurück, in denen ich dich geliebt habe. Das Hochgefühl, in guten Zeiten mit dir zusammen zu sein, war bombastischer als jeder noch so tolle Tag mit irgendeinem anderen Typen zuvor.

In liebevoller Nostalgie,
Natalie

Dan, 6:55 Uhr

Mit dem Abend damals hat sie größtenteils recht – da habe ich mich endgültig in sie verliebt. Ob es an den Farbdämpfen lag oder an der aphrodisierenden Wirkung von Zeitungsausschnitten und Kleber – ich glaube, sie hat mich mit ihrem Talent einfach umgehauen. Nats Atelier war genauso atemberaubend wie beklemmend, und wenn ich nicht gewusst hätte, wo ich mich befinde, hätte ich mich wie in der Gefängniszelle eines kreativen, paranoiden Schizophrenen gefangen gefühlt. Oder eines Genies. Wobei sich die beiden ja nicht ausschließen müssen.

Ich kannte außer Nat auch andere Mädchen, die sich kreativ betätigten. Schulfreundinnen, die mit Keramik und Skulpturen herumstümperten oder verwackelte, schlecht ausgeleuchtete Fotos schossen, die sie für künstlerisch und avantgardistisch hielten. Für sie war Kunst einfach nur ein Hobby. Etwas, was sie nach der Schule oder am Wochenende machten und später am College angeblich ernsthaft betreiben wollten, aber wahrscheinlich nie tun würden. Und auch auf die Gefahr hin, dass ich wie ein Arsch klinge – anfangs dachte ich, Nat wäre genauso. Dass ihre Collagen nur ein Zeitvertreib waren, eine Möglichkeit, ein bisschen kreativen Dampf abzulassen. Hört sich lächerlich an, ich weiß, schließlich wusste ich, dass sie an der Getty-Ausstellung beteiligt war, ich wusste, dass ihre Mutter eine halbwegs berühmte Malerin war. Aber ich hatte einfach noch nie so ein Mädchen wie Nat kennengelernt, das mir in Sachen Talent und Begeisterungsfähigkeit das Wasser reichen konnte.

Nein, sie konnte mir nicht nur das Wasser reichen. Sie war um Längen besser als ich.

Vorher war mir das nicht bewusst gewesen, aber an diesem Abend traf mich die Erkenntnis mit voller Wucht: *Dan, du bist mit einem Mädchen zusammen, das zu gut für dich ist.*

Wir haben uns nicht mehr mit Alexa getroffen. Wir blieben in Nats Atelier und stellten nicht ganz jugendfreie, berauschende Dinge miteinander an. Aber als ich Alexa schließlich einige Wochen später kennenlernte, war sie keineswegs das errötende, scheue Mädchen, das ich in Nats Porträt gesehen hatte. Sie war groß und dünn, trug ein unförmiges schwarzes Kleid und winkte uns vom Ende der Schlange vor der Wurstküche überschwänglich mit einer Speisekarte zu. »Hi!«

Nat warf sich in ihre Arme, wie es sonst wohl nur Liebende tun. »Das ist er!«, sagte sie und meinte mich. Dann löste sie sich von Lex und zeigte auf mich. »Ist er nicht süß?«

»Ja, das ist er.« Lex streckte mir ihre Hand entgegen,

und ich nahm sie. »*Enchanté*, neuer Freund von einer öffentlichen Schule.«

»Ganz meinerseits.« Ich versteifte mich ein wenig.

»Die Schlange hier ist wirklich das Letzte«, sagte Lex. Sie hatte recht, die Leute standen bis weit um die Straßenecke an. »Dan, magst du eigentlich Pizza?«

»Du meinst Würstchen.« Wir standen nach Würstchen an.

»Nein, *Pizza*«, wiederholte sie mit einem übertriebenen Seufzen. »Und wie sieht's mit Bergwandern aus? Fliegenfischen? Installationskunst?«

Ich warf Nat einen verunsicherten Blick zu. »Was zieht sie da gerade für eine Nummer ab?«

»Ich versuche, gemeinsame Interessen zu finden«, sagte Lex, als wäre ich der letzte Trottel. »Hast du schon mal Pasta selbst gemacht?«

»Sie verascht dich nur.« Nat drückte meine Hand. Dann wandte sie sich an Lex. »Hör auf, ihn zu veraschen.«

»Ich steh total auf alte Filme«, bot ich freundlich an.

»Ach echt?«, erwiderte Lex. »Ich auch. Ich hab neulich erst wieder einen gesehen, *Meshes of the Afternoon*.«

Das war ein surrealistischer Kurzfilm aus den Vierzigern. In unserem Alter kannte den kein Mensch – außer er war ein echter Filmfreak. »Oh Mann, der ist echt abgefahren.«

»Aber zu esoterisch, findest du nicht?«

»Ja, viel zu schräg und psychedelisch.«

Ihr Lächeln entspannte sich, wurde weicher und authentischer. Nat sah zwischen Lex und mir hin und her. »Unglaublich, du hast ihre Prüfung mit Bravour bestanden. Können wir jetzt zu einem Thema wechseln, über das *ich* reden möchte?«

»Zum Beispiel?«, fragte Lex. »Über dich?«

»Klar, warum nicht.« Nat grinste und schmiegte sich wie eine Katze an ihre Freundin. »Lasst uns über mich, mich, *mich* reden.«

Später aßen wir drin vegetarische Würstchen, die in Senf und Gewürzketchup ertränkt waren. Nat und Lex saßen mir gegenüber auf einer langen Bank, rissen Insiderwitze, bewarfen sich mit Essen, flüsterten einander Sachen zu und lachten dann wieder laut auf. Im Gegensatz zu mir schien ihnen nichts peinlich zu sein und sie machten sich offenbar nichts aus guten Manieren. So ist das in Los Angeles, wenn man als Kind reicher, dreister, berühmter Leute aufwächst.

Nehmen wir als Beispiel Lex' Vater: früher mal Playboy, Drogenjunkie und Mitglied einer in den Achtzigern tierisch berühmten Langhaarigen-Band, war irgendwann erfolgreich in ein anständiges Leben als Ehemann, Vater und Musikmagnat gewechselt. Ihre Mutter, ein ehemaliges Katalogmodel, veranstaltete inzwischen pompöse Partys, auf denen Spendengelder zugunsten hungernder afrikanischer Kinder gesammelt wurden. Alexa konnte – genau wie Natalie – so ziemlich alles mit ihrem Leben anstellen, was sie wollte, denn ihre Eltern hatten ihr in alle Richtungen den Weg geebnet. Sie konnte ein halbes Jahr in China verbringen (das hatte sie auch getan – und sprach jetzt halbwegs fließend Mandarin). Sie konnte eine Karriere als Schauspielerin anstreben (das tat sie auch – sie war gerade für eine kleine, aber immer wiederkehrende Rolle in einer bekannten Daily Soap gebucht worden). Sie konnte morgens, mittags, abends in Kaviar gewälzte Trüffel mit einer Scheibe Gänseleberpastete essen. Sie konnte sich in Restaurants gnadenlos danebenbenehmen, wenn sie wollte. Ich nicht.

Denn ich ging auf eine öffentliche Schule. Mein Vater war ein Steueranwalt mit einem Haufen Schulden am Hals.

»Nat hat erzählt, du drehst Filme?«, fragte Alexa, sah dabei aber Nat bewundernd an, nicht mich.

»Ja, aber bisher noch nicht in voller Länge. Im Moment arbeite ich an einem dokumentarischen Kurzfilm über einen Jungen, den ich an der Dayview betreue.«

»Ach, da wo Nat ehrenamtlich arbeitet? Stimmt, so habt ihr euch ja kennengelernt.«

»Genau.«

»Dann ist das dein ultimatives Ziel, Dan?« Lex hatte den Kopf zur Seite geneigt, ihre Zungenspitze blieb zwischen Ober- und Unterlippe liegen. »Dokumentarfilme? Da willst du hin?«

Ja, da wollte ich hin. Aber ich hatte noch einen weiten Weg vor mir, anders als die beiden, die ihre Pläne längst in die Tat umsetzten. Wie war es möglich, dass ich noch kein einziges Projekt vollendet hatte? Warum waren meine Filme nicht längst schon auf dem *Sundance Film Festival* oder auf dem *South by Southwest* gezeigt worden? Ich saß dämlich grinsend da und zählte zwei und zwei zusammen: Nats irres Talent paarte sich mit den unzähligen Kontakten ihrer Mutter, wodurch sie es im Leben extrem weit bringen würde. Und selbst wenn ich irgendwann so weit wäre wie sie, was die Begabung und den Antrieb betraf, würde ich dennoch immer doppelt so hart arbeiten müssen, um mit ihr Schritt zu halten. Würde ich ihr jemals wirklich das Wasser reichen können? Was, wenn wir lange genug zusammenblieben, dass sie mich durchschaute und das Interesse an mir verlor? Verdiente ich es denn überhaupt, dass sie ihre Aufmerksamkeit auf mich richtete?

»Ja, Filmemacher, das will ich sein«, sagte ich und hielt mein Lächeln aufrecht. Nat biss einem Pommes den Kopf ab und strahlte mich stolz an.

Chat, Sonntag, 17. Januar 2016, 00:46 Uhr

R_Lefèvre: Hey, du bist noch auf.

DanBattlePlan: Ja, ich wollte nur noch schnell Natalie googeln.

R_Lefèvre: Und, schon was gefunden?

DanBattlePlan: Ich bin gerade auf Getty Images. Da ist ein Foto von ihr auf einem Event im letzten Jahr, das macht mich ganz verrückt. Sie ist mit einem Typen drauf. Ich krieg einfach nicht raus, ob sie mit dem zusammen war.

R_Lefèvre: Spuckt Google nix dazu aus?

DanBattlePlan: Komischerweise nicht.

R_Lefèvre: Und Getty Images?? Mann, wer ist dieses Mädchen? Eine Disney-Prinzessin oder was?

DanBattlePlan: Der Typ sieht aus, als hätte er richtig Kohle.

R_Lefèvre: Wieso, hat er ein Goldgebiss?

DanBattlePlan: Nein, aber ein diamanten-besetztes Krönchen.

R_Lefèvre: Dann wird er deine Freundin

eher nicht gepoppt haben, Dan.

DanBattlePlan: Ich dreh hier noch durch.

R_Lefèvre: Eifersüchtig?

DanBattlePlan: Aber so was von.

R_Lefèvre: Hm.

DanBattlePlan: Was?

R_Lefèvre: Nichts.

DanBattlePlan: WAS?

R_Lefèvre: Ich meine nur … Ist sie wirklich so umwerfend?

DanBattlePlan: Ja.

R_Lefèvre: Wirklich *wirklich*?

DanBattlePlan: Ja.

DanBattlePlan: Wir waren neulich mit einer Freundin von ihr aus. Alexa McKay.

R_Lefèvre: Muss man die kennen?

DanBattlePlan: Sie spielt in einer Soap Opera mit.

R_Lefèvre: Und?

DanBattlePlan: Und … Nats Freunde sind alle reich und berühmt.

R_Lefèvre: Na ja, nur weil man in einer Seifenoper mitspielt, heißt das noch lange nicht, dass man berühmt ist.

DanBattlePlan: Was ist nur los mit mir??

R_Lefèvre: Keine Ahnung, was soll los sein mit dir?

DanBattlePlan: Ich bin noch nie so auf ein Mädchen abgefahren.

DanBattlePlan: Hallo?

DanBattlePlan: Ruby?

R_Lefèvre: Ich bin noch da.

DanBattlePlan: Alles klar bei dir?

R_Lefèvre: Ja, wieso?

DanBattlePlan: Was hast du heute so gemacht?

R_Lefèvre: Veggie-Sushi-Abend im Hause Lefèvre.

DanBattlePlan: Seetangsalat?

R_Lefèvre: Du sagst es.

DanBattlePlan: Ruby …

R_Lefèvre: Ja?

DanBattlePlan: Ich fände es echt cool, wenn ihr euch kennenlernen würdet.

R_Lefèvre: Hmpf.

DanBattlePlan: Du willst sie nicht kennenlernen, oder?

R_Lefèvre:	Doch, schon.
DanBattlePlan:	Könntest du diesen Typ mal googeln und mir dann bestätigen, dass er ein Vollhonk ist?
R_Lefèvre:	Name?
DanBattlePlan:	Jason Paruch.
R_Lefèvre:	Sieht ziemlich eingebildet aus.
DanBattlePlan:	Ja, ne?
DanBattlePlan:	Muss ich mir Sorgen machen?
R_Lefèvre:	Weswegen?
DanBattlePlan:	Keine Ahnung. Ist er besser als ich?
R_Lefèvre:	Stop fishing for compliments.
R_Lefèvre:	Nein, Dan, natürlich ist keiner besser als du.
DanBattlePlan:	Sicher?
R_Lefèvre:	Verzweiflung ist kein guter Ratgeber. Und steht dir nicht.

4

Los Angeles, Samstag, 6. Mai 2017, 18:45 Uhr

Hol die rosa Nelken und die Herzchenbonbons raus, Dan!

Ich bin's wieder, der Geist der Gescheiterten Liebe, der dich durch die Erinnerung unseres ersten und einzigen gemeinsam verbrachten Valentinstags begleitet: Essen vom Chinesen, prickelnder Cider, Casablanca ohne Ton, Django Reinhardt aus der Stereoanlage …

Fragst du dich gerade, ob ich dir aus dem Keller deines Vaters schreibe? Schließlich haben wir den Feiertag dort verbracht – überbackene Shrimps mit den Fingern gegessen, Gedichte von Edna St. Vincent Millay gelesen, einander angehimmelt, geknutscht und gefummelt. Stellst du dir gerade vor, wie ich mit meinem schicken Kalligrafie-Füller unter der Treppe hocke, während du und Jessa oben Spaghetti kocht?

Hallo, hier spricht dein Stalker!

Entspann dich, Dan alias Ex-Freund, SO verrückt bin ich nun auch wieder nicht. Ich lasse den Tag bei mir zu Hause Revue passieren, feiere ihn mit einer Flasche Martinelli und einer Portion Rindfleisch nach Szechuan-Art aus der Tiefkühltruhe.

Okay, zurück zu dem Abend damals, der eigentlich eher beschissen begonnen hatte: Ich war ziemlich angesäuert bei dir aufgetaucht, nachdem ich am Nachmittag Stress mit meiner Mutter hatte – sie war gerade von Westwood W beauftragt worden, eine großformatige Picasso-Kopie für die frisch renovierte Eingangshalle zu malen, und deswegen hatte sie den größten Teil der Woche quasi in ihrem Atelier gewohnt, während ich zu Hause hockte und mit Mariella, meiner wahren Mom, Pop-Tarts in Bio-Qualität futterte. Dad, der Elternteil, der bei uns normalerweise das Geld verteilte, war gerade beruflich in Korea, also fragte ich meine Mutter nach etwas Kohle. Ich brauchte ja was extra, um dein Valentinstagsgeschenk zu besorgen, und ehrlich gesagt dachte ich, es stünde mir zu, ihr was abzuknöpfen. Wenn sie mir schon keine Liebe und selbst gekochte warme Mahlzeiten zukommen ließ, dann sollte sie das wenigstens durch ein bisschen Bares ausgleichen.

»Von mir kriegst du kein Geld«, sagte sie und rückte

ihren farbverspritzten Kittel zurecht. »Dad hat dir doch zweihundert Dollar gegeben, bevor er weg ist – hast du die etwa schon ausgegeben?«

»Ich musste mir doch was zu essen kaufen.«

»Ach komm schon, Natalie, ich hab erst Sonntagabend den Kühlschrank aufgefüllt.«

»Was du gekauft hast, mag ich aber nicht.«

»Pech für dich.«

»Ich hab mir Frühlingsrollen von Katsu-Ya bestellt.«

Sie wirbelte zu mir herum, die Augen fielen ihr fast aus dem Kopf. »Die ganze Woche?«

»Die ganze Woche.«

»Das Zeug ist sauteuer!«

Ganz genau.

»Bitteee«, flehte ich. »Es ist doch Valentinstag.«

Du warst damals total auf dem David-Foster-Wallace-Trip, weißt du noch? Und im Buchladen in der Stadt gab es gerade eine signierte Erstausgabe von »Infinite Jest«, die wollte ich dir schenken.

»Ich muss doch was für Dan besorgen.«

»Tja, Schätzchen, das hättest du dir überlegen sollen, bevor du zweihundert Mäuse für scharfe Thunfischfrühlingsrollen rausschmeißt.« Sie kniff die Augen zu und klatschte einen Klumpen orange Farbe auf die Leinwand. Ende der Diskussion.

Also kreuzte ich mit leeren Händen bei dir auf. Ich hätte vor Scham im Boden versinken können, hast du das gemerkt? Ich verzogenes Gör hatte mein Körpergewicht in vergoldetem Ingwergemüse aufgefressen, sodass mein Freund am romantischsten Tag des Jahres unbeschenkt bleiben würde.

»Ich bin ein Arsch!«, sagte ich zu dir, während du mir die Jacke abnahmst und dein Gesicht in meine Halsmulde schmiegtest. »Schenk mir bloß nichts, ich hab's nicht verdient.«

»Auch keine Küsse?«

»Unverdient!« Aber du hast mich trotzdem geküsst. Du hast ständig solche Sachen gemacht – mich geliebt, obwohl ich es überhaupt nicht verdient hatte.

»Komm mit!«, hast du gesagt und mich die Treppe runtergezogen, tief runter in den Keller, den du so üppig dekoriert hattest, als gäbe es kein Morgen. Weiße Kerzen ergossen ihr Wachs über den Hals bauchiger Chiantiflaschen, es gab herzförmige Pralinenschachteln, rosa Rosen, rote Ballons – alle romantischen Symbole, die man sich nur vorstellen konnte.

Ich starrte dich an, unfähig zu sprechen. »Das ist …«

»Was?«

»Es ist …«

»Total daneben, sag's ruhig.«

»Ja, absolut zum Kotzen«, sagte ich lachend.

Du hast gegrinst und mich wieder geküsst. Diesmal ganz sanft, lang und elektrisierend.

»Hältst du mich für einen schlechten Menschen, weil ich meiner Mutter eine hohe Geldsumme aus dem Kreuz leiern wollte?«, fragte ich.

»Wie hoch?«

»Dreistellig.«

»Wofür brauchst du das denn? Klamotten?«

»Nein, ich wollte dir was kaufen.«

Du hast achselzuckend gelächelt. »Musst du nicht.«

»Will ich aber.«

»Aber du hast doch gar keinen Job.«

Das saß. »Na und?«

»Dann solltest du auch nicht so viel Geld ausgeben.«

Deine Worte schnürten mir die Brust zu. »Du hältst dich wohl für was Besseres, weil du einen Job hast? Denkst du, ich bin eine hohle, privilegierte Tussi, die den ganzen Tag nur rumsitzt, sich Luft zufächelt und im Internet scheißteure Schuhe bestellt, oder was?«

»He, sachte, Nat.« Du hast mich in die Arme genommen und mein tränenüberströmtes Gesicht an deine Brust gedrückt. »Nein, NEIN. Ich finde dich unglaublich.

Du bist intelligent und verrückt und erschaffst diese unfassbar eigene Art von Kunst …« Als ich auflachte, hast du mich noch fester an dich gedrückt. »Ich meinte doch nur … Du sollst das Geld deiner Eltern nicht für mich ausgeben. Das ist alles.«

Ich richtete mich schniefend auf und sah dir in die Augen. »Aber es stimmt, ich bin ein verzogenes Balg. Du hättest mich mal vorhin mit meiner Mutter sehen sollen …« Ich schüttelte beschämt den Kopf. »Ist das normal, seine Eltern so sehr zu hassen?«

Du schautest mich nur blinzelnd an, ohne was zu sagen. »Jetzt hasst du mich, oder?«, fragte ich.

»Nun hör aber auf. Ich liebe alles an dir.«

Ich liebe alles an dir.

Ich LIEBE alles an dir.

Eine Welle der Euphorie erfasste mein Herz. Das kam einem »Ich liebe dich« ganz schön nahe, oder? So eine Art »Ich liebe dich«-Vorstufe. Ich ließ die Worte genießerisch in meinem Bauch hin und her rollen.

»Alles?«, fragte ich gierig, griff nach dir, knabberte wie ein hungriger Welpe an deinem Ohrläppchen.

»Alles«, hast du geflüstert und mir das tränennasse Gesicht gestreichelt. »Ich möchte dir nie Grund zum Weinen geben. Ich werde dir nie wehtun, Nat. Niemals.«

LÜGEN.

LÜGENLÜGENLÜGENLÜGENLÜGEN.
Du hast mir wehgetan, Dan.
Und du tust es immer noch.
Nat

Dan, 7:14 Uhr

Die ganzen letzten Wochen seit der Trennung laufe ich wie auf Autopilot. Ich bin traurig, aber in einem Maß, das gut auszuhalten ist, manchmal sogar wehmütig, klar, aber meistens schwanke ich zwischen leisen Schuldgefühlen und großer Erleichterung. Keine Streitigkeiten mit Natalie mehr. Keine Tränen mehr, keine Dramen. Ich häng mich wieder mehr in der Schule rein, arbeite an meinem Film. War kein schlechtes Leben während der letzten Wochen.

Jedenfalls bis heute Morgen. Scheiße, ich hätte es wissen sollen. Was hab ich denn erwartet? Dass Nat und ich uns auf friedlich-freundschaftliche Art trennen würden? Dass wir auf Social-Media-Kanälen in Kontakt bleiben? Uns zweimal im Jahr zum Kaffeetrinken treffen, um Neuigkeiten auszutauschen? Uns gegenseitig Postkarten aus dem jeweiligen Wohnviertel schicken?

Ja klaaar doch.

Hey, wir reden hier von Natalie.

Natalie!

Sie ist völlig bescheuert und genial zugleich, und obwohl ihre Rückschau auf unsere Beziehung bisher noch recht harmlos war, habe ich so das Gefühl, dass da noch was Größeres auf mich zukommt. Es ist, als würde sie mit einer Streichholzschachtel neben einem Vorhang kauern, hinter dem eine Batterie mit zehntausend Feuerwerkskörpern aufgebaut ist, und sich genießerisch den Schnurrbart zwirbeln.

Ich schaue auf das trostlose San Fernando hinaus, das gerade am Fenster vorbeirauscht. Seit drei Jahren mache ich von Montag bis Freitag diese Pendeltour – mit dem Metrolink von Downtown nach North Hollywood und zurück. Das ist echt anstrengend. Aber durch Nat war es eine Zeit lang gut auszuhalten. Sie wartete an den meisten Tagen nach der Schule an der Union Station auf mich, mit ihren Mädchensocken und dem grellrot geschminkten Mund, und grinste breit, während die Santa-Ana-Winde ihr das Haar von einer Seite auf die andere wehten, die Sonne hinter den Bergen verschwand und man aus mehreren Richtungen von Heavy-Metal-Songs aus den Achtzigern zugedröhnt wurde.

»Futter!«, rief sie an einem Nachmittag, noch ziemlich am Anfang unserer Beziehung, und drückte mir eine weiße Papiertüte in die Hand, als wir die Bahnstation verließen und zu ihrem Auto gingen. »Chips, Trockenobst und noch ein paar andere Sachen – damit du bis zum Abendessen durchhältst.«

»Du bist echt unglaublich.«

»Ich bin nur pragmatisch. Ich weiß doch, dass du ständig Hunger hast.«

Ich steckte eine Hand in die Tüte und holte einen riesigen Cookie heraus. »Oh Mann.« Ich biss davon ab und seufzte vor Entzücken. Der Cookie schmeckte zum Niederknien, nicht zu süß und ganz cremig vor dunkler Schokolade. »Ist der lecker!«

»Ich weiß.« Sie lächelte. »Aus einer Bäckerei in Larchmont.«

»Bist du ein Engel oder was?« Ich vertilgte den Cookie mit nur zwei weiteren Happen.

»Hast du das etwa noch nicht gemerkt?« Sie ließ ihre Schultern hochschnellen. »Ich bin der Teufel.«

Wir gingen im Zickzack über den Parkplatz auf Nats alten Buick Riviera zu – hellbraun von außen, grau von innen. (Viele reiche Kunststudentinnen auf der Eastside fahren solche Schrottautos.)

»Was wollen wir eigentlich heute Abend essen?«

»Wonach ist dir denn?«, fragte ich und ging im Kopf schnell sämtliche preisgünstigen Optionen durch, die mir einfielen. »Guisados? Burger?«

»Wollen wir nicht lieber zu dir und ein paar Tiefkühlpizzas in den Ofen schieben?« Sie sah mich bittend an. Nat mochte mein Haus, ständig sagte sie Sachen wie: »Es ist so gemütlich und authentisch hier.« Oder: »Du hast ja eine richtige … Kuschelhöhle. Mit Teppichboden und allem Drum und Dran.« Das Haus ihrer Eltern hingegen war verstörend modern, voller Ecken und Kanten und Glas und Beton.

Also gingen wir zu mir, wärmten uns Makkaroni mit Käse und als Beilage eine kleine Portion tiefgefrorenen Brokkoli auf. Dad brütete die ganze Zeit in seinem Arbeitszimmer über irgendwelchen Akten, Jessa und ihre Freundin – ein stilles Mädchen mit einer dicken Schicht Make-up im Gesicht – hockten auf der Veranda und filmten sich gegenseitig mit meiner Kamera.

»Die Kleine hat fünfhunderttausend Abonnenten auf YouTube«, raunte Nat mir über eine Gabel Brokkoli hinweg zu. »Ich hab ihre Videos gesehen. Sie hat so ein Tutorial gedreht, wie man aus Getränkepulver Lippenstift selber machen kann.«

Später schauten wir uns dann einen Film an, den Nat ausgesucht hatte, so einen kitschigen Romantikstreifen, was für mich aber völlig okay war, weil Nat dabei ihre Füße auf meinem Schoß liegen hatte, ihre zarten kleinen Füße mit dem glänzend rosa Nagellack. Sie lächelte und freute sich und litt und fieberte mit den Leuten mit, die sich auf dem Bildschirm ver- und ent- und neu verliebten.

»Könntest du jemanden so sehr lieben?«, fragte sie nach einer Weile, als die Filmmusik dramatischer wurde, Regen und Tränen die Schminke der Schauspieler aufweichen ließ.

Ich lachte und wusste, was sie wirklich meinte. *Könntest du MICH jemals so sehr lieben?*

Ja, ich konnte. Und ich würde.

Aber ich zuckte nur mit den Schultern und sagte: »Vielleicht.«

Sie kroch auf meinen Schoß und schmiegte sich hinein, langsam und schleichend wie eine Katze oder ein Baby oder eine Verführerin. »Ich will heute Nacht nicht nach Hause«, sagte sie.

»Musst du auch nicht.«

Als wir uns küssten, erschauerte sie.

»Alles gut?« Ich rieb ihr über die Arme und zog sie näher an mich heran. »Ist dir kalt?«

»Nein, ich bin nur …« Ihre Augen waren auf einmal feucht. »Ich bin so glücklich, bei dir zu sein.«

Das war nur so ein winziger Moment – weder Valentinstag noch das Date im Park noch das Treffen an der Dayview –, aber das war Nat in Bestform, ernst, süß und ein bisschen verletzlich.

Ich denke oft an diesen Abend zurück, an dem sich alles so normal und richtig anfühlte. Es gab so viele Chancen und Versprechen. Keine Enttäuschung, keine Zweifel. Das ist die Nat, die ich bis heute am meisten vermisse: das Mädchen, das seine Deckung aufgegeben hat und sich über einen weichen Teppichboden freut. Die Nat, die zitterte, als wir uns küssten. Die Makkaroni aus der Schachtel aß, als wären sie ein Stück feinstes Filet Mignon. Wo ist dieses Mädchen hin? Das Mädchen von der Bahnstation, dessen Haare wild in alle Windrichtungen flatterten?

Die Bahn macht einen Ruck nach vorn und reißt mich in die Gegenwart zurück. Ich schüttele die Erinnerung ab und schaue schnell aus dem Fenster, auf das Tal, das an mir vorbeifliegt, die Einkaufszentren und Autoschlangen vor roten Ampeln, die Saftstände und Palmen. Da ist schon der 7-Eleven-Markt, in dem ich mir meinen allmorgendlichen Kaffee hole, wir sind gleich an meiner Haltestelle.

Ich stopfe den Brief in meinen Rucksack und hole den nächsten raus, Nummer fünf: schweres, mehrlagiges Cardstock-Papier, kalligrafische Handschrift.

Ich schiebe den Finger unter die Umschlagklappe.

Zettel auf Dans Bett,
Montag, 15. Februar 2016, 7:00 Uhr

Dan,
räum den Saustall auf. Im Keller sieht's aus, als wäre eine herzförmige Zeichentrickbombe eingeschlagen, als hätten Amor und Casanova mit einem Haufen Plüschtieren eine fette Fickparty gefeiert. Was habt ihr zwei überhaupt da unten zu suchen?
Audra kommt heute vorbei, und wir brauchen den Keller zum Filmen. Also hol deinen Scheiß bis 16 Uhr da raus.
Danke!
Jessa

Textnachricht, Montag, 15. Februar 2016, 9:14 Uhr, von Mae Fierro an Natalie Fierro

Mein liebes Töchterlein, in meinem Geldbeutel waren gestern noch zwei Zwanziger, die auf geheimnisvolle Weise verschwunden sind. Hast du sie rausgenommen, du kleine Diebin???

5

Los Angeles, Sonntag, 7. Mai 2017, 19:06 Uhr

Hi,

ich bin wieder im Park, UNSEREM Park, an dem heiligen Ort, an dem wir uns diesen explosiven und leidenschaftlichen und berauschenden ersten Kuss gegeben haben. Nur dass ich heute von einem anderen ersten Mal schreiben will. Einem, das wesentlich weniger schön war. Von meinem ersten blauen Auge. Geigenspieler, euer Einsatz bitte!

Wir hatten an dem Abend einiges getrunken, weißt du noch? Whiskey, eine richtig gute Sorte, den wir aus dem Gar-nicht-so-geheimen-Geheimvorrat meiner Eltern geklaut hatten. Ich hatte vorgeschlagen, in den Park zu gehen, und du fandst die Idee gut. Wir nahmen den kürzesten Weg über die Hügel, ein paar gewundene, von hellrosa Häusern gesäumte Straßen entlang, dann zwei getrennte, versteckt liegende Treppen runter. Unsere Haare verfingen sich in wild wuchernden Blauregenranken. Wir tanzten eng umschlungen zu einem Rap-Song, dessen pumpender Beat aus den Fenstern eines vorbeifahrenden Geländewagens herausdröhnte. Zwei Mal hast du mich mit dem Rücken gegen Baumstämme gepresst und mich wie verrückt geküsst, deine Hüften gegen mein Becken gedrückt und mich an den Haaren gezogen, bis es wehtat.

»Wer zuerst bei den Schaukeln ist«, sagte ich, als wir schließlich den Silver Lake Boulevard erreicht hatten. Und schon stürzte ich mich durch den Autoverkehr auf die Straße, kreischend und wie eine durchgeknallte Besoffene mit den Armen fuchtelnd.

»Bist du verrückt oder was?!«, hast du geschrien und bist hinter mir hergerannt, wobei du fast selber angefahren worden wärst. Mehrere Autos schlitterten im Slalom um dich herum, die Fahrer drückten auf die Hupe und brüllten dich durchs offene Fenster an.

»Ob ich verrückt bin?« Endlich waren wir in Sicherheit und standen atemlos grinsend vor dem Parkzaun. »Klar! Wusstest du das etwa nicht?« Ich hatte es als Joke gemeint, aber es kam irgendwie platt raus. Du hast mich angeblinzelt, den Kopf zur Seite geneigt, als würdest du

mich zum allerersten Mal sehen. »Was? Verstehst du keinen Spaß mehr?« Du hast so getan, als würdest du zu einer Ohrfeige ausholen, ich duckte mich lachend weg und rannte zu den Schaukeln. »Na los! Wer höher schaukelt!«

»Was kriegt der Gewinner? Geld? Gefälligkeiten?«

»Mir egal«, sagte ich und meinte es auch so. Es war mir scheißegal, was der Preis war, ich wollte einfach nur gewinnen. Du hast nach den Ketten der benachbarten Schaukel gegriffen, und innerhalb weniger Sekunden hatten wir uns hoch in die Luft erhoben, Kopf an Kopf, die Jacken weit aufflatternd, die Wangen ganz rot vor Aufregung.

»Na, jetzt hinkst du aber hinterher«, sagtest du kurze Zeit später.

Es stimmte, ich war am Verlieren, und das hasse ich, also tat ich so, als wäre ich erschöpft, und sprang von der Schaukel. Aber statt des eleganten Abgangs, den ich mir vorgestellt hatte – komplett mit süßer Verbeugung und königlichem Winken –, legte ich eine totale Bruchlandung hin und krachte mit dem Gesicht voran gegen einen dicken abgebrochenen Ast. »Scheiße!« Es tat höllisch weh, wie wenn man sich den kleinen Zeh anstößt oder die Hand in der Tür einklemmt. Ich hielt mir das Auge und wippte vor und zurück, um den Schmerz abzuschütteln.

»Großer Gott, Nat, lass mich mal sehen.« Du warst plötzlich neben mir und versuchtest mir die Hände vom pochenden Auge zu lösen. »Oh, Nat.«

»Sieht es schlimm aus? Bin ich jetzt auf ewig entstellt?«

»Nein, es ist nur …« Du lachtest, und auf einmal kam mir meine hysterische Panik lächerlich vor. »Es ist nur ein bisschen rot.« Du drücktest mir einen Kuss aufs Auge. »Du bist immer noch wunderschön. Wunderschön …« Dann hast du MICH geküsst, mir hochgeholfen, mir den Schmutz abgewischt und mich den Hügel hoch nach Hause gebracht.

Am nächsten Morgen sah mein Gesicht aus, als hätte mir jemand ein fettes Mikrofon aufs Auge gedonnert.

»Oh Gott, Schnuffi, was ist denn passiert?«, begrüßte meine Mutter mich ungewöhnlich besorgt, als ich auf der Suche nach Kaffee und einem Eisbeutel in die Küche schlurfte.

»Alles gut, ist nur ein blauer Fleck. Dan und ich waren gestern auf dem Spielplatz und ich bin von der Schaukel gefallen.«

»Von der SCHAUKEL gefallen?« Sie begutachtete mein Auge, betastete es vorsichtig. »Ich rufe Dr. Ginsberg an.«

»Ich brauche keinen Arzt.«

»Hast du dich schon mal im Spiegel angeguckt?«

Ja, hatte ich. Ich sah schrecklich aus.

Also musste ich zu Dr. Ginsberg. Und natürlich war es nichts Schlimmes, und nach ein paar Tagen war alles abgeheilt, wie du weißt. Aber hier kommt das Erstaunliche: Niemand hat die Schaukelgeschichte hinterfragt. Weder meine Mutter noch mein Vater, noch nicht mal mein Kinderarzt, verdammt noch mal. Im Fernsehen ist das anders: Wenn ein Mädchen mit einem dicken Veilchen auftaucht, ist es NIE ein Unfall gewesen, sondern IMMER der Freund, der sie vermöbelt hat. Aber wenn der Freund Dan Jacobson ist, der gute Samariter und Schwarm aller Mädchen, dann hegt niemand auch nur den Hauch eines Zweifels. Alle dachten, ich wäre mit einem Heiligen zusammen. Und wer könnte es ihnen verdenken? Schließlich habe ich das damals doch auch gedacht.

Zwei Tage später, als die Schwellung sich in eine hübsche kleine Farbpalette aus blauen und lila Sternen verwandelt hatte, habe ich Fotos davon gemacht. Ich dachte, die kann ich vielleicht mal zu einem krassen Selbstporträt verarbeiten, zu irgendwas Provokantem und Bestürzendem, das mir ein paar Punkte als »authentische Künstlerin« einbringt. Aber dann ist der Plan in Verges-

senheit geraten. Mein Veilchen verblasste, ich war mit der Schule beschäftigt, mit dir beschäftigt, und irgendwann hab ich gar nicht mehr dran gedacht, was auf dem Spielplatz passiert ist.

Bis ich diese Woche die fünf Fotos auf dem Rechner aufgerufen und in einen Ordner verschoben habe, der mit »Warum?« überschrieben ist.

Ob die Leute sich jetzt mehr Gedanken über dich machen werden, Dan?

X, Nat

Dan, 7:22 Uhr

Scheiße, darum geht es ihr also? Sind ihre Briefe Teil eines Plans, mich als brutales Arschloch hinzustellen? Ich meine, was soll das? Will sie mich wegen Körperverletzung anzeigen? Häusliche Gewalt?

Also ehrlich, die hat sie doch nicht mehr alle! Ich habe ihr nie, nie, niemals auch nur ein Härchen gekrümmt. Welchen Psychoplan, welche Manipulationsscheiße sie sich da auch zusammengeschustert hat – ich hoffe, sie zieht den Müll nicht durch, denn das könnte mein Leben so was von zerstören!

Aber genau das weiß sie auch, nicht wahr? Typisch Nat und ihre schnellen, harten, schmutzigen Spielchen.

Letzten Frühling hat sie mich mal stockbesoffen von einer Party in West L.A. angerufen. »Du musst mich abholen«, hat sie gelallt. »Ich bin in Brentwood bei Krystal Wang, und ich hab eine ganze Flasche Two Buck Chuck intus.«

Ich war gerade nach Hause gekommen, nachdem ich in Glendale ein Abendessen bei den Espinosas gefilmt hatte, und Jessa war noch mit dem Auto unterwegs. Ich war stinkig und hätte Nat am liebsten gesagt, sie soll gefälligst mit der Bahn nach Hause fahren, aber dann hab ich's mir doch anders überlegt. Wir hatten uns seit fast zehn Tagen nicht gesehen, denn: »Du arbeitest echt pausenlos, Dan. Liegt dir nichts mehr an unserer Beziehung? Wieso vermisst du mich nicht so sehr, wie ich dich vermisse?«

Also hab ich sie abgeholt.

Ich brauchte eine Stunde und fünfundvierzig Minuten, um mit dem Bus hinzukommen, und als ich endlich da war – total erledigt, verschwitzt und angenervt –, lag sie völlig weggetreten in einem leeren, kaputten Whirlpool mitten in Krystals brechend vollem Garten.

»Hey«, sagte ich und rüttelte sie. Aber sie rührte sich kaum. Die Haare klebten ihr am erhitzten Gesicht und sie hatte sich halb aus ihrem Strandkleid rausgewunden. »Nat, aufwachen!« Ich wühlte in ihrer Handtasche, einem Lederbeutel, den ich auf dem Boden des Whirlpools in einer kleinen Alkohollache entdeckt hatte. »Wo hast du dein Auto abgestellt?«

»Hmm?«

»Dein Auto.« Ich baumelte mit ihrem Wagenschlüssel vor ihrem Gesicht herum. »Wo steht das?«

Sie klappte mit Mühe ein Auge auf. »Ich dachte, du bist am Filmen?«

Ich hob sie hoch und warf sie mir über die Schulter. »Na komm, Schlafmütze.« Ich trug sie ums Haus herum nach vorn, wobei ich mich zwischen lauter merkwürdigen Gestalten durchkämpfen musste, die Bierflaschen und

Tischtennisschläger und Alcopops und Zigaretten in der Hand hielten.

Die Nacht verbrachte ich damit, Nat die Haare zurückzustreichen, während sie unser Klo vollkotzte, und am nächsten Morgen fuhr ich sie nach Hause.

»Du hättest mitkommen sollen auf die Party«, sagte sie gähnend und schob träge eine Hand in meinen Schritt.

»Bitte nicht.« Ich war gerade dabei, von der Interstate 10 auf die 110 zu fahren, eine fiese Kreuzung, die mir immer wieder zu schaffen machte.

»Dann nicht.« Sie zog ihre Hand zurück. »Wie ist es beim Abendessen gelaufen?«

Ich lächelte bei dem Gedanken, wie Ryan sich mit den Fingern gierig kleine Stückchen Käse-Tamales in den Mund geschaufelt hatte. Wie aufgeregt Ryans Vater über das Clippers-Spiel berichtet hatte. Ich dachte an den Hibiskus-Eistee. An das einstündige Gespräch mit Ryans Mutter auf der Terrasse. »Das war echt klasse. Und irgendwie total rührend, weißt du? Die sind so eine unglaublich tolle Familie. So warmherzig und lustig. Sie geben sich solche Mühe, das Beste aus ihrer Situation zu machen. Da kann man sich echt eine Scheibe von abschneiden.«

Ich schaute zu Nat rüber. Ihr Gesicht war vollkommen ausdruckslos.

»Hörst du mir überhaupt zu?«

»Soll das ein Witz sein?«

»Nein, ich mein's total ernst. Ich erzähle dir etwas, was für mich im Moment megawichtig ist, und du sitzt nur da und gibst mir das Gefühl, dass dich das null Komma null interessiert.«

»Hey, wann erzählst du eigentlich mal *nicht* von dem Scheißfilm?«

Das traf mich so, dass ich ein paar Sekunden brauchte, um zu antworten. »Du weißt aber schon, wie wichtig dieses Projekt für mich ist, oder?«

»Ja, du sorgst wirklich dafür, dass ich es nie vergesse.«

»Diese Kids ...«

»Ich weiß, ich weiß, sie sind unglaublich und du bist ihr Sprachrohr. Deine Arbeit ist sooo wichtig, Dan.«

Ich spürte, wie mir die Zornesröte ins Gesicht schoss. Ich arbeitete doch vor allem *ihretwegen* so angestrengt an dem Projekt. Um *sie* zu beeindrucken. Um mit *ihr* Schritt zu halten, und ...

»Weißt du«, sagte sie und rieb sich mit den Fäusten die Augen, sodass sie sich das dicke schwarze Make-up über die Wangen schmierte. »Wenn du gestern mitgekommen wärst, wäre ich bestimmt nicht so abgestürzt.« Sie kurbelte ihr Fenster herunter, und die hereinströmende Luft klatschte mir wie eine heftige Ohrfeige ins Gesicht. Ohne auch nur einen Augenblick zu zögern, stemmte sie sich hoch und quetschte sich bis zur Taille durchs offene Fenster nach draußen.

Zu Tode erschrocken riss ich das Steuer herum und der Wagen machte einen Satz nach rechts. Wir fuhren mit hundertdreißig Sachen die 110 entlang, auf beiden Seiten brausten Autos an uns vorbei, ich konnte weder abbremsen noch rechts ranfahren noch sonst was.

»Scheiße, Natalie!« Ich versuchte sie am Saum ihres Kleides wieder reinzuziehen, aber sie widersetzte sich, kreischte ihre Freude aus voller Kehle heraus, fuchtelte mit einer Hand durch die Luft, während sie sich mit der anderen im Wageninneren festhielt. »Nat, bitte! Du machst mir Angst!« Mein Herz raste, ich war durchgeschwitzt und den Tränen nahe, versuchte weiterhin nach ihr zu greifen und gleichzeitig das Auto in der Spur zu halten.

»Du verpasst die Ausfahrt, Dan!«

Ich schwenkte nach rechts, drückte auf die Hupe und schickte ein Stoßgebet zum Himmel, uns heil hier rauszubringen. Nat winkte ein paar Motorradfahrern zu, während ich wie ein Irrer abwechselnd auf die Bremse stieg und wieder Gas gab. Ich brauchte fast eine Minute, um den Standstreifen zu erreichen, wo ich den Wagen schlitternd zum Stehen brachte und den Motor abstellte. Nat ließ sich mit zerzausten Haaren und wild glühenden Augen auf den Beifahrersitz fallen und sah wie elektrisiert aus.

»Das war geil«, keuchte sie grinsend.

»*Geil?*« Mein ganzer Körper pulsierte vor Wut. »Siehst du das?« Ich hielt eine Hand hoch, meine Finger bebten vor Adrenalin. »Verdammt, ich wäre fast gestorben vor Angst!«

Auf einmal veränderte sich ihr Gesichtsausdruck, schwenkte von hell auf dunkel. »Ich dachte, du stehst auf kinoreife Erlebnisse. Wo ist deine Kamera, Dan, willst du gar nicht filmen?«

Ich brauchte einen Augenblick, aber dann dämmerte es mir: Sie war eifersüchtig. Auf meinen Film!

»Darum geht's dir also? Um die Dayview-Geschichte? Ernsthaft?«

»Für mich hast du nie Zeit.«

»Du hättest uns eben fast umgebracht, schnallst du das überhaupt?«

»Na und?« Sie beugte sich auf dem Sitz vor, die Augen voller zorniger Tränen. »Ich hab keine Angst zu sterben.«

Mich fröstelte es plötzlich. »Sag so was nicht.«

Sie sah mich an und ihr Kinn bebte. »Würde es dir überhaupt was ausmachen?«

»Wenn du *sterben* würdest? Jetzt hör aber auf.« Ich legte ihr eine Hand in den Nacken und zog sie zu mir heran. Sie stieß ein gebrochenes Schluchzen aus, warf sich auf mich und schlang mir wie ein trostbedürftiges Kleinkind die Arme um die Hüften.

»So was kannst du echt nicht bringen«, sagte ich und drückte sie an mich.

»Ich weiß. Ich mach das nicht noch mal.«

»Versprochen?«

Sie löste sich von mir, ihr Blick war ernst und entschlossen. »Ich schwöre es.« Dann beugte sie sich zu mir rüber und besiegelte das Versprechen mit einem Kuss.

Chat, Sonntag, 15. Mai 2016, 10:33 Uhr

M_Haney: Warst du gestern auch bei Krystal Wang?

Audra_Rey: Jep.

M_Haney: Hab gehört, Fierro hat sich volllaufen lassen und an Bryce De Vitis rangeschmissen.

Audra_Rey: Die hat Dan Jacobson echt nicht verdient.

M_Haney: Du stehst total auf den, oder?

Audra_Rey: Ich steh nicht total auf ihn. Ich hoffe nur, wenn ich mal erwachsen bin, nimmt er mich eines Tages richtig wahr und wir heiraten und kriegen Babys und so. Er dreht gerade eine Doku über behinderte Kinder.

M_Haney: Feine Sache. Schnapp ihn dir!

Audra_Rey: Irgendwann mach ich das. Ich warte nur drauf, dass seine jetzige Beziehung von allein hopsgeht, dann schlag ich zu.

6

Los Angeles, 8. Mai 2017, 18:49 Uhr

Dan,

wenn ich ganz ehrlich bin (und das bin ich immer), hab ich noch nie verstanden, warum du von Ruby Lefèvre so besessen bist. Sie ist neurotisch, sie ist zickig, sie hat null Ehrgeiz und trägt immer so öde Klamotten. Wenn ich auf eine öffentliche Schule gehen und jeden Tag ein anderes Outfit tragen dürfte, Himmel, dann würde ich das auch entsprechend auskosten! Ich würde das ganze Jahr hindurch Kaftane und Miniröcke und Motorradjacken anziehen, und manchmal vielleicht auch alles gleichzeitig!

Ich schreibe dir gerade von einer Bank am Angels Flight. (»Die kürzeste Bahnstrecke der Welt!«) Auf der anderen Straßenseite steht das La Cita, wo wir Rubys

Siebzehnten gefeiert haben. Du warst an dem Abend richtig schräg drauf, überdreht und ganz zittrig vor Aufregung, deine »zwei Lieblingsmädchen« endlich miteinander bekannt zu machen.

»Rubes, das ist Nat.«

Im ersten Moment haute es mich um, wie hübsch sie war – kurvig und rotwangig und voller Sommersprossen oberhalb der üppigen Lippen. Von der Hautfarbe ein Mischlingsmädchen, halb schwarz, halb weiß vielleicht? Wäre ihre Körperhaltung besser gewesen, hätte ich regelrecht eifersüchtig werden können. Aber sie sah so … niedergeschlagen aus.

»Ruby!« Ich stürmte auf sie zu.

»Heyyyyy«, sagte sie und schlang mir steif einen Arm um die Schultern. »Ich freu mich, dich endlich kennenzulernen.« Das war gelogen, stimmt's? Sie sah aus, als hätte sie gerade einen Liter saure Zitronenlimo runtergestürzt. »Möchtet ihr was zu trinken? Whitmans Bruder arbeitet heute an der Bar. Der stellt keine Fragen, sondern schenkt euch aus, was ihr haben wollt.«

»Whitmans Bruder?«

»Whitman«, hast du gesagt und auf einen lachhaft groß gewachsenen Typen gezeigt, der mit einer Skimütze auf dem Kopf ganz in der Nähe stand. »Whitmans Bruder.« Der zweite Angesprochene an der Bar sah total

anders aus und hatte lange Haare. »Möchtest du ein Bier?«

Ich nickte. Und freute mich darauf, ein bisschen Zeit allein mit Ruby zu verbringen. Mit DER Ruby. Deiner besten Freundin, deiner Komplizin, dem Mädchen mit dem geilen Sinn für Humor und der perfekten Mischung aus Verstand und Empfindsamkeit. Ich wollte sie ansprechen, aber sie plauderte schon mit ein paar Idiotinnen aus ihrer Schule, irgendwelchen Strebertussis, die ihren Grips wie eine Angeber-Halskette vor sich hertrugen. Die eine hatte ein T-Shirt mit der Aufschrift Moby-Dick *an, das K war über ihrer linken Titte absurd überdehnt.*

»Udon, nicht Ramen«, sagte das Tittengirl.

Ich lauerte am Rand ihrer Unterhaltung, jämmerlich darauf erpicht, mit einsteigen zu dürfen.

»Ich vertrage beides nicht«, sagte eine andere. »Ist beides aus Weizen.«

»Nein, das sind Reisnudeln.«

»Nein, Weizen.«

»Ihr könntet auch Soba essen«, sagte ich und lächelte in die Runde. »Die sind aus Buchweizen, also so was wie Samen.«

»Samen?«

»Ja, wie … Quinoa zum Beispiel. Schmeckt lecker.«

»Wer bist du überhaupt?«, fragte jemand brüsk.

»Natalie.«

»Dans Freundin«, sagte Ruby schlicht.

»Oooohhh«, machten die Mädchen und beäugten mich wie Giftnudeln von oben bis unten.

Ich fühlte mich fehl am Platz und entschuldigte mich, um zu dir an die Bar zu kommen. »Rubys Freundinnen kotzen mich an, lass uns gehen«, wollte ich zu dir sagen. Aber dann hättest du mich bestimmt als intolerant abgestempelt. »Dan, das ist so ein Mädchending. Läuft total subtil ab«, hätte ich gesagt. Aber natürlich kam es zu diesem Dialog erst gar nicht, weil ich dich nirgends finden konnte, weder an der Bar noch auf der Toilette noch bei Whitman auf der Tanzfläche. Am Ende entdeckte ich dich draußen auf der Raucherveranda, zwei schwitzende Bierdosen in der Hand und in eine Unterhaltung mit einer sehr hübschen Blondine vertieft.

»Wer ist das?«, fragte ich und stellte mich an deine Seite.

»Nat, das ist Arielle.«

»Arielle, soso.« Sie trug ein enges Kleid und sah mit den langen Haaren und ihren schmalen, elfenhaften Gesichtszügen wie eine Figur aus einem Buch von Tolkien aus. »Woher kennst du meinen Freund?«

»Wir gehen zusammen in den … äh … Keramikkurs.«

»Ach, du besuchst einen Keramikkurs?«

»Ja, seit Januar«, sagtest du. »Wir töpfern da Schalen und so was.«

»Schalen.«

»Und Krüge«, fügte die Blondine hinzu.

»Cool«, sagte ich und gab mir alle Mühe, das wirklich cool zu finden. »Ich wollte mir gerade was zu essen bestellen. Hast du auch Hunger?«

»Nein, nicht so richtig.« Du hast dich von mir weggedreht und das Elfenmädchen selbstvergessen angegrinst. »Meinst du, Turner ist Single?«

»Turner?«, mischte ich mich schnell wieder ein.

»Unsere Kursleiterin«, erklärte die Blondine. »Sie ist so ...« Sie sah dich an und lachte.

Du hast zurückgelacht und gesagt: »Ach, du müsstest sie kennen, um das zu verstehen.«

»Dann ist das also ein Insiderwitz?«, hakte ich nach.

»Genau.«

»Zwischen euch beiden.«

Sie zuckte mit den Schultern.

Ich starrte dich an. Ich war SO KURZ DAVOR, zu explodieren. »Können wir jetzt los?«

»Wir sind doch gerade erst gekommen.«

»Mag sein, aber Ruby kann mich nicht leiden, ihre Freundinnen sind zum Kotzen, und ich bin nicht herge-

kommen, um allein in der Ecke rumzustehen, während du dich über Brenndauer und Glasuren unterhältst, und zwar mit …« Ich warf der Blondine einen auffordernden Blick zu.

»Arielle.«

»Genau, Arielle.«

Da hast du mir eine Bierdose in die Hand gedrückt und mich ein Stück zur Seite gezogen. »Was hast du eigentlich für ein Problem?«

»Ich hab kein Problem. Ist doch schließlich total normal, dass du deine Blondine aus dem Keramikkurs anflirtest, während ich mich mit deinen Freunden rumschlagen muss, die mir das Gefühl geben, eine Aussätzige zu sein.«

»Ich will nichts von Arielle, Nat. Außerdem ist sie mit Whitman zusammen.«

»Ach, und wenn sie Single wäre?«

»Ich bitte dich!«

»Ich möchte jetzt gehen.«

»Aber warum?«

»Weil ich mich deinetwegen wie ein Stück Hundescheiße fühle.« Ich schleuderte die Bierdose in einen Abfalleimer und stürmte zurück ins Haus.

»Nat!«

»Arielle kann dich ja dann nach Hause fahren.«

»Natalie!«

»Was?« Wütend wirbelte ich herum. »Du brauchst mich doch gar nicht. Du bist von lauter Leuten umgeben, die dich für einen Scheiß-Adonis halten und anbeten!«

»Was soll das denn jetzt?«

Eine Übelkeit erregende Welle des schlechten Gewissens krachte wie ein Zehntonner über mich hinweg. Wieso war ich so zu dir? Hattest du mir wirklich Anlass dazu gegeben, vor Eifersucht auszuflippen? Vielleicht kanntest du die Elfe ja wirklich nur aus dem Keramikkurs. Vielleicht war Ruby einfach nur schüchtern und introvertiert, nicht kühl und abweisend. Wieso benahm ich mich wie eine bescheuerte, bockige Sechsjährige?

»Es tut mir leid«, flüsterte ich und meinte es auch so.

Sofort warst du wieder entspannter. »Warum vertraust du mir nicht?«

»Ich weiß es nicht.«

»Ich steh nicht auf Arielle, Nat.« Du schlangst mir einen Arm um die Taille und zogst mich eng an dich. »Ich steh auf DICH.«

»Bestimmt?« Ich hatte solche Gewissensbisse. Wie konntest du mich gernhaben, wenn ich dich so blöd behandelte?

»Ganz bestimmt.«

Wir küssten uns. Weich und süß und viel zu kurz. »Ruby kann mich nicht ausstehen.«

»Unsinn. Sie ist nur nicht so überschwänglich wie du.« Du strichst mir ein paar widerspenstige Haare aus dem Gesicht. »Dein Temperament, Nat …«

»Ja, ich weiß.«

Noch ein Kuss. »Ein Bier, okay? Und dann gehen wir. Einverstanden?«

»Dan …«

»Wir können jetzt noch nicht los. Sie ist meine beste Freundin und sie hat Geburtstag.«

Also blieben wir.

Aber ich sorgte dafür, dass wir tatsächlich nach einem Bier abhauten.

Denn der Alkohol bewirkte weder, dass ich Ruby netter fand, noch vertrieb er die blonde Elfe.

Nat

Dan, 7:35 Uhr

Moment, das war's jetzt? Der sechste und letzte Brief und kein explosives Finale? Keine scharfen Wendungen, keine dunklen Aussichten? *Wo bleibt der große Paukenschlag, Nat? Das Feuerwerk?*

Ich steige in North Hollywood aus der Bahn und gehe den Rest des Weges zu Fuß zur Schule. Draußen ist es kühl und ein bisschen feucht vom Morgentau in der Wüste. Im Kopf bin ich diesen Tag schon tausendmal durchgegangen: Was würde ich für die Zeremonie nach der Schule brauchen? (Kamera, Stativ, Jackett und Krawatte.) Womit würde ich gedanklich beschäftigt sein? (Interviewpartner, Interviewfragen, Liste des angepeilten Drehmaterials für den späteren Schnitt.) Womit konnte ich mich davon abhalten, in Panik zu geraten? (Ein Mantra, ein Exemplar von *Siddhartha*, eine Xanax-Tablette, die Nat mir Monate zuvor gegeben hatte und die ich nur für den Notfall dabei hatte, falls das Mantra nicht wirkt.) Unterm Strich stand also fest: Ich war auf alle Eventualitäten vorbereitet. Auf alle.

Nur auf die eine nicht.

Statt mir darüber Sorgen zu machen, ob meine Ausrüstung versagen oder meine Interviewpartner ausweichend oder langweilig sein könnten, bin ich gedanklich in ein ausgeklügeltes Manipulations-Spinnennetz verwickelt, das von meiner unheimlichen, verschmähten Ex-Freundin gestrickt wurde. Verrückter Zufall? Ironie des Schicksals? Oder ist genau das eingetreten, was sie geplant hat?

Der Abend damals mit Nat war einfach schrecklich. Ihre Version davon lässt das Ganze noch halb vernünftig erscheinen, aber in Wirklichkeit ist sie komplett ausgerastet – hat mich vor Arielle Schulman angebrüllt und mich wegen irgendeiner unbedeutenden, eingebildeten Kränkung schon nach kürzester Zeit wieder nach Hause geschleift. Den darauffolgenden Tag habe ich nichts anderes als Schadensbegrenzung betrieben, mich schriftlich bei Arielle und Whitman entschuldigt und mehrfach versucht, Ruby zu erreichen, die aber mit keinem Wort auf meine unzähligen Nachrichten reagierte. Am Ende musste ich mich von Angesicht zu Angesicht bei ihr entschuldigen, indem ich mit einem wilden Strauß aus irgendwelchen lilafarbenen Gewächsen, die ich aus dem Garten meiner Nachbarin geklaut hatte, an ihre Tür klopfte.

»Was soll das denn sein?« Ruby verschränkte die Arme vor der Brust und lehnte sich an die gipsverputzte Außenmauer ihres Elternhauses. »Ein ›Tut mir leid, meine Freundin ist eine blöde Kuh‹-Entschuldigungsstrauß?«

»Sie ist keine blöde Kuh, Rubes, sie ist einfach nur …« Ich suchte nach dem passenden Wort, aber Ruby hatte recht, Nat hatte sich total mies verhalten. »Unsicher.«

»So nennst du das also?«

»Sei ruhig sauer auf mich, okay? Aber bitte nicht auf sie.«

»Ich *bin* sauer auf dich. Du bist einfach abgehauen.«

»Darf ich reinkommen? Können wir darüber reden?«

Sie verdrehte die Augen, schnappte sich das lila Unkraut und ging ins Haus. Eilig folgte ich ihr.

Ruby und ich kennen uns seit der achten Klasse, seit wir mit dreizehn im selben Zeichenkurs gelandet sind. Vorher kannte ich sie nur vom Sehen, sie war einfach ein weiteres Gesicht auf dem Flur, das stille Mädchen, das manchmal hinter mir in der Essensschlange stand, die Freundin von Lisa Hicks, der Star-Sprinterin im Leichtathletikteam.

Ruby selbst war kein Star, in keinem Bereich. Sie war weder das hübscheste Mädchen an der Schule noch das auffälligste, sportlichste oder schauspielerisch begabteste – sie war *nichts* so richtig, bis sie eines Tages plötzlich *alles* wurde.

Was uns verbinden sollte, begann als kleiner Funke, mit einer frechen Bemerkung im Unterricht, in dem es gerade um *Der alte Mann und das Meer* ging.

»Unfassbar, dass ich gerade drei Tage meines Lebens damit vergeudet habe, eine Geschichte über einen Tattergreis und einen fetten Fisch zu lesen«, sagte sie. Mir ging es mit dem Buch ganz genauso, aber ich hätte mich nie getraut, Hemingway offen schlechtzumachen. Vor allem nicht vor unserer Lehrerin, Mrs Krasinski, die die Angewohnheit hatte, ihre frei denkenden Schüler gerne vor der ganzen Klasse zu blamieren.

Ich warf Ruby ein Lächeln zu, das unter dem Radar von Mrs Krasinski durchflog, die uns Schlagwörter wie »Pulitzer«, »Klassiker« und »Eure Generation!« um die Ohren haute. Und Ruby lächelte zurück. Sie erinnerte mich mit ihrem frechen Mundwerk, ihrer Stärke und ihrer lautstarken Empörung so sehr an Jessa, dass ich mich bei ihr sofort wie zu Hause fühlte.

»Hast du eine Vase für das Gestrüpp?«, fragte ich, während ich Ruby in die Küche folgte. Die Blumen klatschten ihr bei jedem Schritt gegen den Oberschenkel, winzige Blütenblätter rieselten auf den Hartholzboden.

»Glaub schon. Willst du Tee?«

»Gerne, Grandma.«

»Hör auf, mich so zu nennen.« Sie versenkte die Blumenstiele in einem hohen, schmalen Krug. Ruby hasst es – bis heute –, wenn man sie wegen ihres pragmatischen Denkens und ihrer geistigen Reife auf den Arm nimmt. »Ich bin nicht deine Großmutter.«

Ich verzog schuldbewusst das Gesicht. Seit einiger Zeit lief es zwischen uns nicht mehr richtig rund, aber vor

Natalie waren wir immer auf derselben Wellenlänge geschwommen: schmutzige Witze über schleimige chinesische Gerichte, nächtliche Ausflüge in den Griffith Park, Filmmarathons, Fresswettbewerbe, Gartenstaffelläufe mit Rubys kleinem Bruder Noah …

»Es tut mir leid.«

»Was jetzt genau?« Sie verzog das Gesicht zu einer Grimasse. »Dass *du* mir das Gefühl gegeben hast, nichts wert zu sein? Oder dass deine Freundin dafür gesorgt hat?«

»Siehst du?« Ich riss die Hände hoch und lächelte, um meine Verlegenheit zu überspielen. »Das ist alles ein einziges großes Missverständnis. Nat geht es andersrum genauso, dabei seid ihr mir beide so unendlich wichtig.«

»Ich hab dich seit Monaten kaum noch zu Gesicht bekommen.«

»Du kriegst mich doch jeden Tag zu Gesicht.«

»Ja, in der Schule.« Sie lächelte traurig. »Das ist nicht dasselbe.«

Das stimmte allerdings. Noch in der Woche, bevor ich Nat kennenlernte, hatte Ruby dreimal bei mir übernachtet. Nein, zwischen uns war nie was Sexuelles oder Romantisches gelaufen, wir übernachteten einfach gern zusammen. Dann kochten wir uns tonnenweise Nudeln mit Pesto, gefolgt von einer Riesenportion Gelato von dem schicken

Italiener in der Vermont Street. Wir suchten auf Netflix nach den abstrusesten französischen Esoterikfilmen und googelten im Internet die Leute, die wir am meisten hassten. Wir guckten uns akrobatische Pornos an und lachten Tränen dabei. Wir machten einen auf abgehobene Künstler und lasen einander Keats und Plath und Neruda vor. Manchmal kuschelten wir auch, machten das aber nie zum Thema. Es war einfach ein schönes Gefühl, das wir beide mochten – zusammen einzuschlafen, den Bauch voll gutem Essen, Arme und Beine warm und schlapp miteinander verwoben. Wir genossen einfach eine schöne, harmlos gemütliche Zeit zusammen – genau das, was man nicht mehr machen kann, wenn man eine Freundin hat. Vor allem wenn sie so ist wie Natalie, mit einem Hang zur Eifersucht, der so steil ist wie der Mount Everest.

»Du hast dich verändert, seit du mit ihr zusammen bist.« Ruby starrte mich an. Mit klopfendem Herzen rückte ich näher an sie heran.

»Stimmt nicht«, sagte ich und schlang die Arme um sie. Sie fühlte sich an wie ein Betonklotz. »Wieso lässt du mich das nicht wieder in Ordnung bringen?«

»Ich weiß nicht, was du jetzt von mir erwartest.« Ruby wich zurück und die Furche zwischen ihren Augenbrauen wurde tiefer. »Ich mag sie einfach nicht.«

»Du kennst sie doch noch gar nicht richtig.«

»Regan Weiss schon. Und die sagt, Natalie ist der totale Psycho.«

»Hör auf damit.«

»Und Whitman meinte, sie hätte gestern auf der Veranda einen Nervenzusammenbruch hingelegt.«

»Das war kein Nervenzusammenbruch«, sagte ich, obwohl das auf jeden Fall einer gewesen war. »Sie hat sich bedroht gefühlt.«

»Wovon denn?«

»Sie dachte, Arielle ...«

»Darf ich raten?«, unterbrach Ruby mich kopfschüttelnd. »Sie glaubt, Arielle würde auf dich abfahren.«

»Stimmt, aber ...«

»Ach komm, das brauchst du jetzt nicht zu leugnen. Die hüpft doch wie ein sabbernder Welpe um dich rum.«

Ich fühlte mich geschmeichelt und zugleich total eingeschüchtert.

»Versprich mir was.«

»Was denn?«

»Dass du dich vor ihr in Acht nimmst.«

»Vor Arielle?«

»Nein, du Blödmann. Vor deiner verrückten Freundin.«

Ich stieß theatralisch die Luft aus. »Kannst du ihr nicht wenigstens eine Chance geben? Bitte?«

Ruby betrachtete mich aus halb zugekniffenen Augen,

was mir wie eine Ewigkeit vorkam. »Was findest du eigentlich an ihr?«

Ich schwieg. Irgendwas Rotes, Zorniges kochte langsam in mir hoch.

»Ich glaube einfach, dass sie dir nicht guttut, Dan.«

»Doch, tut sie.«

Rubys Gesicht war dunkelrot angelaufen, sie holte tief Luft und sah mir in die Augen. »Bist du sicher?«

War ich sicher?

»Du spielst da mit dem Feuer«, sagte Ruby. »Nein, eher mit Nuklearwaffen. Ist dir doch klar, oder?«

»Was ist das denn für eine komische Metapher?«

»Ich versuche nur, dich zu schützen.«

»Ich brauche deinen Schutz aber nicht.«

»Hast du schon mit ihr geschlafen?«

Ich spürte, wie mein Gesicht glühend heiß wurde. Nein, wir waren beide immer noch Jungfrau. Nat wollte, dass wir auf den Moment warteten, »wo es sich richtig anfühlt«.

»Ist das wichtig?«, fragte ich.

»Na ja … Hat man erst mal genagelt, ist man festgenagelt. Das Wortspiel war beabsichtigt.« Sie knuffte mich lächelnd in den Arm. »Ohne Sex kommt man noch halbwegs unbeschadet aus einer Beziehung raus. Mädchen werden ziemlich anhänglich, wenn sie erst mal mit einem Typen geschlafen haben.« Sie zuckte verlegen mit den Schultern. »Kann es sein, dass das bei euch Typen auch so ist?«

»Ruby.« Wollte sie mich nicht verstehen oder was? »Ich. Will. Nicht. Schluss. Machen.«

Sie zuckte leicht zusammen, dann senkte sie hastig den Blick. »Okay …« Sie pulte ein paar der lila Blütenblätter zusammen, die auf die Marmorplatte gefallen waren. »Aber komm dann nicht heulend angerannt, wenn sie dein Karnickel in den Kochtopf gestopft hat.«

»Hä?«

»*Eine verhängnisvolle Affäre,* Blödmann.« Sie knallte den Kessel auf den Herd und drehte das Gas auf höchste Stufe. »Kannst du ja recherchieren.«

Textnachricht, Sonntag, 20. März 2016, 18:54 Uhr, von einer unbekannten Nummer an Dan Jacobson

Hoffentlich hab ich dir und deiner Freundin gestern nicht komplett den Abend versaut. Irgendwie gibt's meinetwegen immer wieder Ärger. ;) Tut mir leid! X, Ari

Zettel unter dem Scheibenwischer am Auto von Dans Vater, Sonntag, 20. März 2016

Hey Pete,

Leslie hat heute gesehen, wie Dan in unserem Garten den ganzen Lavendel rausgerupft hat. Neue Freundin? Hab ja nix gegen die Liebe, aber könntest du deinen Jungen (meinem Garten zuliebe) in Zukunft bitte von unserem Grundstück fernhalten?

David

Post-it-Zettel auf DVD »Eine verhängnisvolle Affäre« im Schlitz von Dans Schließfach, Montag, 21. März 2016

Zu Recherchezwecken. Guck's dir an und

heul leise.

R

Dan, 8:57 Uhr

Letztes Jahr hat Nat in der Vorweihnachtszeit nach der Schule an der Eagle Hill ausgeholfen – mit den Kindern Popcorn und Cranberrys aufgefädelt, Papiergirlanden und Filzstiefel gebastelt, Plätzchen gebacken, die fröhliche Version von Natalie gegeben. Ich war auf der anderen Seite des Campus bei Ryan und machte so ziemlich das Gleiche, nur dass ich dabei noch filmte und an einer schwierigen Aufgabe scheiterte. Ich versuchte Ryan dazu zu bringen, auf seinen Multiple-Choice-Lesekärtchen ein geschriebenes Wort zu identifizieren, irgendeins, ein einziges. Das hatte er schon öfter geschafft, aber jetzt, wo ich ihn filmte, weigerte er sich, wippte grinsend hin und her, schüttelte den Kopf und wandte sich dann ab. Sogar meine süße Bestechung – knusprige Ingwerkekse aus der Dayview-Cafeteria – lehnte er ab. Also ging ich irgendwann los, um Nat zu holen. Weil sie so gut mit Kindern umgehen konnte, klar, aber auch, weil sie so gut darin war, Leute dazu zu bringen, Sachen zu machen, die sie eigentlich nicht machen wollten.

»Kann ich dich mal für eine Minute entführen?«, fragte ich, den Kopf durch die Tür ihres Klassenzimmers gestreckt. Der ganze Raum war voller Kinder, die sich wie niedliche Zombies aufführten – sangen, aßen, bastelten, furzten. Nat saß mit einem kleinen braunhaarigen Jungen auf dem Boden, sie schwang eine Schere und schnippelte irgendwas Kompliziertes aus Pappe aus, er fuhr mit dem Finger die Umrisse einer Schneeflocke nach.

»Was kann ich für dich tun?«, fragte sie und sah hoch.

»Kannst du mir mal mit Espinosa helfen?«

»Jetzt sofort?«

»Dauert höchstens zwanzig Minuten, versprochen. Ich versuche nur etwas Filmmaterial von ihm zu kriegen, wie er liest.«

Sie wandte sich dem kleinen Jungen zu und strich ihm eine Haarsträhne aus der Stirn. »Was meinst du, Schätzchen? Kannst du ganz kurz mal auf mich verzichten?« Als er lächelte, entblößte er eine breite beidseitige Vorderzahnlücke.

Wir verbrachten dann doch fast eine Stunde im Oberstufentrakt. Ich kauerte hinter meiner Kamera, während Nat und Ryan M&Ms aßen und Jenga spielten. Sie malten zusammen Delfine. Sie malten Regenbögen.

»Scheiß auf die Lesekarten!«, sagte Nat. Und entdeckte eine Hintertürmethode, um Ryan dazu zu bringen, seine Ziele doch noch zu erreichen – indem sie ihn jedes Mal, wenn er einen von ihr gezeichneten Gegenstand richtig benannte, mit dicken Umarmungen belohnte.

Als ich die beiden so beobachtete – und selbst später,

als ich das Filmmaterial durchsah –, brach es mir fast das Herz. Auf die beste, magische Art und Weise.

»Dan?«

Cohen steht über mir und wedelt mit einer zerlesenen Ausgabe von *Gilgamesch*.

»Ja bitte?«

»Was denken Sie über die Beziehung zwischen Gilgamesch und Enkidu: Ist sie rein platonisch? Oder doch romantischer Natur?«

»Ich …« Ich hab kein einziges Wort in dem Buch gelesen. Ich schaue mich Hilfe suchend um, aber um mich herum sind nur leere, gelangweilte Gesichter.

»Dan.« Cohen lässt den Arm sinken, das Buch klatscht gegen ihre knochige Hüfte. »Sie sollten endlich mal Ihre Hausaufgaben machen.«

Es klingelt. Ich schnappe mir mein Zeug und eile mit gesenktem Kopf auf den brechend vollen Flur hinaus, wo ich fast augenblicklich mit Whitman und noch einem Typen zusammenknalle, Will Brizendine.

»Jacobson!« Sie klopfen mir auf die Schulter, verpassen mir einen Handschlag und grinsen von einem Ohr zum anderen. »Was geht ab?«

Ich schlage ein, doch meine Augen wandern nach links ab. Da steht Arielle, die meinem Blick ausweicht und sich wie ein schüchternes Kind an Whitmans Arm klammert. Ich murmele irgendwas von wegen Mathe vor mich hin und flüchte.

Ein paar Augenblicke später, als ich nur noch wenige Meter von meinem Schließfach entfernt bin, sehe ich es: die cremefarbenen Ecken der Umschläge, die in den Metallschlitzen eingeklemmt sind, das rote Band, das mir wie eine böse Schlange höhnisch entgegenzischelt. Die Handschrift. Der dicke Stapel. Die nächste Brieflieferung von Nat. Mein Magen rutscht ins Bodenlose.

7

Los Angeles, Dienstag, 9. Mai 2017, 14:45 Uhr

Der hier wird richtig gut.

Wir hatten das Auto am Pacific Coast Highway geparkt, ein Strandpicknick (gebackene Muscheln, Pommes, eiskalte Limo in Flaschen) türmte sich auf der Mittelkonsole. Ein kalter, salziger Wind peitschte uns um die Ohren, und wir lachten und tanzten auf den Sitzen zu den Songs im Radio, stopften uns das fettige Zeug in den Mund und grinsten wie wahnsinnig, während die Wellen draußen ans Ufer krachten und sich schäumend wieder zurückzogen. Ich war glücklich, Dan. Bevor ich dich kennenlernte, war ich ein einsames Häuflein Elend, und jetzt kam ich mir vor wie eine Spielzeugfigur, die hysterisch kichert, wenn man ihr in den Bauch boxt.

»Mehr Ketchup, bitte.«

»Hier.« Du gabst mir mehrere Tüten. »Nat?«

»Hmm?«

»Ich liebe dich.«

Mir hing ein Pommes im Mundwinkel. »Du liebst mich?« Vier Monate lang hatte ich auf diese drei Wörter gewartet, und jetzt waren sie auf einmal da – Ich! Liebe! Dich! –, so ganz nebenbei, so luftig dahingesagt, als würdest du sie jeden Tag aussprechen, schon immer.

»Dan, ich …« Als ich die Worte selbst aussprechen wollte, fiel mir ein Stück Pommes herunter. Du hast so heftig gelacht, dass das Auto wackelte.

»Ich hasse dich!« Ich warf dir das Kartoffelstück ins Gesicht.

»Nein, tust du nicht.«

»Stimmt. Ich liebe dich.«

»Sag's noch mal.«

»Ich liebe dich.«

»Noch mal.«

»Ich liebe dich!«, rief ich, und dann knutschten wir über eine Stunde herum.

Das war einfach großartig, Dan. Besser als unser erster Kuss. Besser als jede Geburtstagstorte oder Crystal Meth oder die Hähnchen-Wraps, die wir uns vom Libanesen in der Nähe deiner Wohnung holten. Dieser Augenblick war BEDEUTEND. Liebe hieß Hingabe und Bin-

dung und FÜR IMMER. Du hast mich geküsst, mein Gesicht in deinen Händen. Ich fühlte mich wie berauscht. Schlimmer, als hätte ich den ganzen Vormittag Kaffee und Süßigkeiten in mich reingeschüttet. Ich war mir sicher, dass dieses Gefühl für immer bleiben würde – die Euphorie, die Erregung –, und es erschien mir unvorstellbar, dass es mal eine Zeit gegeben hatte, in der du nicht zu meinem Leben gehörtest, in der du mich nicht liebtest. In der ich dich nicht liebte.

Die Wahrheit ist: Ich liebe dich immer noch, und ich hasse dich dafür.

Denn irgendwann hast du einfach aufgehört, meine Liebe zu erwidern.

Nat

Dan, 10:02 Uhr

Sie irrt sich. Ich habe nie aufgehört, sie zu lieben. Ein kleiner Teil von mir wird Nat wahrscheinlich immer lieben, aber mit jemandem zusammen zu sein, der so dynamisch, so verführerisch und gleichzeitig auf eine angsteinflößende Weise stürmisch ist, hat eben auch seinen Preis. Einen, den ich nie im Leben bezahlen könnte, ohne mein Konto zu überziehen.

Letzten Herbst, etwa auf halber Strecke unserer Beziehung, wurde eine von Nats Collagen in einer Gruppenausstellung an der Marlborough gezeigt, ihrer scheißschicken reinen Mädchenschule in Hancock Park. Nats Eltern waren ebenso zur Eröffnung gekommen wie Lex, aber ich verbrachte den größten Teil des Abends damit, ganz allein ziemlich mittelmäßige Schülerkunst zu betrachten – klumpige Skulpturen und hingeschmierte Skizzen –, während Nat inmitten einer schnatternden Schar von Speichel leckenden Gleichgesinnten und Kunstkollegen Hof hielt.

»Hast du irgendwas gesehen, was dir gefällt?«, rettete mich Lex schließlich. Ich hatte seit einer Stunde nichts anderes gemacht, als übersüßten Punch zu schlürfen und mir potenzielle Fluchtwege auszudenken. »Ich glaube, die Raubkopie von Renoir steht zum Verkauf.«

»Aber wahrscheinlich deutlich außerhalb meiner Preisklasse«, witzelte ich.

Lex biss in einen mit Sprühkäse ertränkten Cracker. »Du hättest bei der Ausstellung letztes Jahr dabei sein sollen. Katherine Felps hat im Atelier mitten auf den Boden gekackt und dann die Frechheit besessen, das Kunst zu nennen.«

Ich blinzelte verdattert. »Du willst mich verscheißern.«

»Ha! Der war gut. Aber nein, das war echt so.« Sie stopfte sich achselzuckend den Rest des Crackers in den Mund. »Tja, Privatschule halt.«

Ich lachte widerwillig. Ich mochte Alexa. Sie war frech und ein bisschen unheimlich, aber auf eine erfrischende, entwaffnende Art.

»Wie findest du Nats Bild?«, fragte sie einen Augenblick später.

»Unglaublich gut.« Das stimmte, die Collage war mit Abstand Nats bestes Bild, ein gespenstisches, irgendwie animalisches Selbstporträt.

»Nancy Schattner will es für ihre Privatsammlung kaufen.«

»Wer?«

»Eine Aufsichtsrätin von der Marlborough.« Sie schöpfte sich etwas neonfarbenen Punch in einen durchsichtigen Plastikbecher. »Und Schattners Mann meinte, er kennt einen befreundeten Journalisten, der vielleicht daran interessiert ist, für die Kunst-&-Kultur-Sparte der L. A. Times ein Profil von Nat zu machen.«

Ich wurde auf einmal stocksteif. »Für die Times?« Ich sah quer durch den Raum zu Nat rüber. Sie strahlte etwas aus, was mir bis heute noch nicht aufgefallen war: eine blendende, weiß glühende Aura … Woraus eigentlich? Stolz? Selbstsicherheit? Plötzlich konnte ich sie so sehen, wie die anderen sie offenbar sahen: als etwas Besonderes. Als bahnbrechend. Nat war anders als alle anderen Gleichaltrigen, die ich kannte. Sie hatte das gewisse Etwas. Eine spezielle Wirkung, den undefinierbaren Touch, der sie in eine Galaxie überirdischen Ruhms und Erfolgs katapultieren konnte. Sie war eine »Visionärin«. So nannten die Leute sie jedenfalls. »Ein einzigartiges Talent.« Sie würde es zweifellos weit bringen, ob mit oder ohne finanzielle Unterstützung ihrer Eltern. Und unabhängig davon, ob ich mich davon bedroht fühlte oder nicht.

»Wollen wir rausgehen und uns einen Blunt reinziehen?«, fragte Lex.

»Hä?« Ich konnte den Blick nicht von Nat abwenden. Ein flüchtiger, süßer Anflug von Bewunderung, von *Liebe*, machte sich in meiner Brust breit, der aber gleich von einer Welle des Neids davongespült wurde. »Ich kiffe nicht.«

»Ich auch nicht, du Doof.« Mit einem schelmischen

Grinsen eilte sie zur Tür. »Ich wollte dich nur auf die Probe stellen.«

Ich kippte den letzten Schluck Punch, winkte Nat zu und schaute auf mein Handy.

Drei Nachrichten von Arielle.

Sie hatte mir schon das ganze Wochenende hindurch immer wieder geschrieben: Du bist süß! Du bringst mich durcheinander! Ich weiß, dass du vergeben bist, aber ...

Kleine Flirtnachrichten, auf die ich nicht geantwortet hatte. Jedenfalls nicht so richtig.

»Hey du!« Nat stürzte sich auf mich, küsste mich, strich mir übers Gesicht, die Schultern, den Nacken. »Sorry, dass ich dich so lange allein gelassen hab.« Dann schnappte sie sich mein Handy. »Mit wem hast du dich abgelenkt, während ich dich so sträflich vernachlässigt habe?« Sie schaute auf das Display.

Panisch grapschte ich mir das Telefon zurück. »Mit niemandem.« Aber es war schon zu spät. Nat hatte den Text gesehen und ihre Augen glänzten jetzt groß und wild vor dicken It-Girl-Tränen.

»Dan?«

»Die stalkt mich irgendwie«, sagte ich und zuckte bewusst cool mit den Schultern. Doch in Wirklichkeit war ich es gewesen, der mit den Nachrichten an diesem Abend begonnen hatte. Ich hatte Arielle geschrieben, nachdem ich

Nats Kunstlehrerin Leilani kennengelernt hatte, die Nats Porträt als »sensationell« und »bestechend brutal« bezeichnete.

»Ich hab kaum was zurückgeschrieben, hier, siehst du?« Ich hielt Nat das Handy vors Gesicht. Ja, meine Antworten bestanden hauptsächlich aus Akronymen und ausweichenden Emojis. Aber das war ihr egal, sie weinte und weinte, leise, aber doch so, dass es einigen Leuten, die an uns vorbeigingen, auffiel. Ich zog sie auf die Veranda hinaus, wo es windig und warm war. Die Santa-Ana-Winde bogen alles zur Seite, Palmen, Menschen, Straßenschilder.

»Das war so ein wichtiger Abend für mich«, sagte Nat.

Mein schlechtes Gewissen zwickte mich, doch dann brach der Trotz hervor. Sie hatte doch alle Aufmerksamkeit bekommen, oder nicht? Hatte ich da nicht auch ein bisschen was verdient?

»Läuft da was mit dem Mädchen, Dan?«

»Nein, sie ist nur eine Freundin.«

»Aber gefällt sie dir besser als ich?«

Nein, tat sie nicht, auch wenn ich mir gewünscht hätte, dass es so wäre. Arielle war so unkompliziert. Sie ging die Jungs durch wie eine Tüte Kartoffelchips. Man hatte das Gefühl, dass sie unverbindlich und das Gegenteil von einengend war. Die Sorte Mädchen, mit dem man ... ja, einfach Spaß haben konnte. Ich wünschte, ich würde Arielle wollen. Ein Mädchen, das kein verstörtes kreatives Genie war. »Nein, sie gefällt mir nicht besser als du.« Ich zog Nat an mich, um sie mit einer Umarmung, einem Kuss zu besänftigen. Ich wünschte, wir hätten sofort abhauen können, dahin, wo wir beide am besten funktionierten. *Makkaroni mit Käse aus der Packung. Teppichboden.*

»Könntest du mir bitte sagen, dass du mich immer noch liebst?«, sagte Nat. Ihr Kinn bebte, ihre Wimpern flatterten tränenbesetzt.

Und natürlich tat ich es. »Ich liebe dich immer noch«, sagte ich. Aber die Liebe, die ich empfand, fühlte sich an wie eine einschnürende Zwangsjacke.

Chat, Sonntag, 7. Februar 2016, 21:14 Uhr

AlexaMcKay17:	Hab deinen grün leuchtenden Punkt gesehen.
N_Fierro:	Sexy Lexy!
AlexaMcKay17:	Du warst Freitag nicht in Mathe.
N_Fierro:	Geschwänzt. War mit Dan in Malibu.
N_Fierro:	Lex.
AlexaMcKay17:	Nat.
N_Fierro:	Er liebt mich.
AlexaMcKay17:	Hat er das gesagt??
N_Fierro:	Ja, endlich!
AlexaMcKay17:	Und wie fühlt sich's an???
N_Fierro:	Ähm … Hammer!
AlexaMacKay17:	Wollen wir zusammen feiern?
N_Fierro:	Ja! Wann?
AlexaMcKay17:	Morgen nach der Schule? Village Pizza?
N_Fierro:	Geht nicht. Dan nimmt sich den Tag frei. Wir wollen ein paar Vintage-Läden im Valley abklappern. Wie wär's Donnerstag nach der Quigley-Vorlesung?

AlexaMcKay17: Da hab ich Debattierclub.

N_Fierro: Nächte Woche?

AlexaMcKay17: Hast du ernsthaft keinen früheren Termin frei?

N_Fierro: Ähm … nein??

AlexaMcKay17: Früher musste man sich nie Wochen im Voraus mit dir verabreden.

N_Fierro: Sei nicht sauer auf mich, Lex! Ich bin verliebt!

N_Fierro: Bist du jetzt echt sauer?

N_Fierro: Okay, du bist echt sauer.

AlexaMcKay17: Du hast mich diesen Monat schon zweimal versetzt. Und bei der Spendensammlung letzte Woche warst du auch nicht da.

N_Fierro: Dafür hab ich mich doch schon entschuldigt.

AlexaMcKay17: War echt viel Arbeit, den Event auf die Beine zu stellen.

N_Fierro: Tut mir leid!

AlexaMcKay17: Und jetzt bist du ständig ausgebucht oder was?

N_Fierro: Tu bitte nicht so, als wäre ich

	der größte Arsch unter der Sonne.
AlexaMcKay17:	Hab ich das behauptet?
N_Fierro:	Hörte sich so an.
AlexaMcKay17:	Ich werde dich wohl kaum für den größten Arsch unter der Sonne halten, wenn ich hier rumhänge und wie ein Hund um deine Zuneigung bettle.
N_Fierro:	Lex …
AlexaMcKay17:	Echt jämmerlich.
N_Fierro:	Stimmt nicht.
AlexaMcKay17:	Das fühlt sich scheiße an, Nat! Ich bin total verzweifelt und hab das Gefühl, ich buhle mit Dan um deine Aufmerksamkeit. Dabei mag ich ihn. Was die Sache nur noch schlimmer macht.
N_Fierro:	Hör auf! Das Gefühl ist nicht echt, das sind nur deine Hormone! Ich komme mir vor wie auf Ecstasy, 24 Stunden am Tag. Manchmal vergesse

ich sogar so banale Sachen wie Duschen.

AlexaMcKay17: Dann duftest du bei deinen Dates bestimmt besonders gut.

N_Fierro: Sollte das ein Witz sein?

AlexaMcKay17: Klar war das ein Witz.

N_Fierro: Gut! Hey, sei nicht sauer. Willst du morgen mitkommen?

AlexaMcKay17: Auf eure Tour durch die Vintage-Läden?

N_Fierro: Ja.

AlexaMcKay17: Hm …

N_Fierro: Bitteee!! Dann können wir hinterher zusammen essen. Nur du und ich.

AlexaMcKay17: Echt? Nur wir beide?

N_Fierro: Ja, ich schick Dan nach Hause, versprochen.

AlexaMcKay17: Und wir lassen uns Pizza kommen?

N_Fierro: Jep.

AlexaMcKay17: Kann ich mich auf dich verlassen?

N_Fierro: 100 %

8

Los Angeles, Mittwoch, 10. Mai 2017, 22:35 Uhr

Okay, das hier wird nicht ganz jugendfrei.

Ich schreibe dir aus dem Bett, unter dem Schimmer weißer Weihnachtslichter und im Dunkeln leuchtender Sterne an der Decke. Ich trage meinen seidigsten Seidenpyjama und hege dunkle, lüsterne Gedanken. Na, schon angetörnt? Weißt du noch, was vor einem Jahr genau hier passiert ist? Das Wälzen zwischen den Laken, das verlegene Herumfummeln, das Hin und Her zwischen Schmerz und Hochgefühl?

»Du siehst umwerfend aus.«

»Findest du?«

Als ich dich an der Tür empfing, trug ich das Sommerkleid, das du am meisten an mir mochtest – Spaghettiträger, Batikmuster, dünner Stoff. Ich hatte mir die

Haare zu einem Knoten hochgesteckt und mir eine Gardenie unter den Haargummi geklemmt.

»Mariella?«, fragtest du, während du mir einen Strauß schlapper Wildblumen überreicht hast.

»Hat heute frei.«

»Bist du nervös?«

»Aufgeregt. Und du?«

»Wie gelähmt vor Angst.«

Ich packte dich, küsste dich und schleifte dich hastig hinein.

Ich hatte mir Mühe gegeben, in meinem Zimmer eine schöne Stimmung zu erzeugen – gedämpftes Licht, flackernde Teelichte, duftende Jasminzweige, frische Bettwäsche … Ich hatte sogar meine nackten, enthaupteten Barbiepuppen in eine Sockenschublade verbannt. Das Zimmer sah echt ordentlich aus. Erwachsen. Die Sonne ging gerade unter und tauchte die Welt draußen in ein neonrosafarbenes Licht. Kitty Carlisle saß wie eine steinerne Sphinx auf meinem Schreibtisch und beobachtete uns.

»Wir haben Zuschauer«, sagtest du mit Blick auf die Katze.

»Ja, sie ist voyeuristisch veranlagt.«

»Ich möchte, dass alles perfekt wird, Nat.«

»Das wird es.«

»Und ich möchte, dass du weißt, wie viel mir das bedeutet.«

»Wir müssen keine große Sache draus machen, Dan.«

»Doch. Ich möchte, dass es eine große Sache ist.«

Ich nahm Kitty Carlisle hoch und setzte sie auf dem Teppich im Flur ab. Dann schloss ich die Tür ab und sah dich an. Wir waren allein.

Als Erstes lagen deine Hände, zitternd und schüchtern, auf meinen Hüften, dann nestelten deine Finger meinen Haarknoten auf. Zwischen zwei Küssen hast du mir die Spaghettiträger von den Schultern geschoben und mir vorsichtig das Kleid heruntergezogen. Ich riss dir das T-Shirt vom Leib. Ich biss in dein Ohrläppchen. Ich lachte, während du dich unbeholfen aus deiner hellen Baggy Jeans geschält hast. Wenige Sekunden später lagen wir auf dem Bett, schlangen unsere heißen, erregten Körper umeinander, ineinander. So weit waren wir schon öfter gewesen – nach drei Monaten Beziehung waren wir Weltmeister im Alles-nur-das-Eine-nicht. Aber diesmal war es trotzdem anders, diesmal taten wir das, was echte Liebende taten: schwitzen, sich winden und aufbäumen und unterirdische, animalische Laute von sich geben …

»Nat?« Du hattest dir das Kondom übergestreift, warst in mich hineingeglitten. »Tue ich dir weh?«

Es passierte tatsächlich. Meine Oberschenkel waren feucht, mein Puls raste. Ich zog mir ein Kissen übers Gesicht, um einen Schrei zu unterdrücken. »Mach weiter«, sagte ich, bog mich dir widerstrebend entgegen, schloss die Augen und betete, dass du meine Lust für Schmerz halten würdest.

Sex ist schon komisch, oder? Es hat was richtig Derbes, Geiles, so zu tun, als wäre man jemand, der man nicht ist. Die sündige Schwester. Die verruchte Geliebte. Ich hatte mich drauf vorbereitet, meine Rolle – die naive Jungfrau – perfekt zu spielen. Ich hatte sogar vorgehabt, Schmerz vorzuheucheln und ungelenk an dir herumzufummeln. Blöd, ich weiß, aber ich sah keine andere Möglichkeit. Das war dein erstes Mal, Dan, und du warst davon ausgegangen, dass das auf mich ebenso zutraf.

Aber ich hatte nicht damit gerechnet, dass es sich so großartig anfühlen würde. Erste Male sind normalerweise eher zum Weglaufen. Das allererste Mal ist ätzend, und das erste Mal mit jedem neuen Typen ist dann genauso ätzend. Vor dir hatte ich erste Male immer gehasst. Aber vor dir hatte ich für die Typen, mit denen ich geschlafen hatte, auch noch nie echte Gefühle empfunden. Und dir was vorzumachen, während wir uns liebten – diese ganze Mischung aus Scham und diffuser Zuneigung, Bewunderung –, das war schon irgendwie erregend.

Schockiert dich das jetzt? Weil du ja schließlich noch Jungfrau warst?

Okay, hier kommt die ganze Wahrheit: Bei meinem ersten Mal war ich dreizehn. Ich hab's mit meinem sechzehnjährigen Nachbarn gemacht, einem Typen, der zu Hause unterrichtet wurde, ADHS hatte und eine kleine Rolle in einer bekannten Teenie-Soap spielte. Er war süß und irgendwie schräg, er mochte mich sehr und ich hab ihn von vorn bis hinten beschissen. Wir hatten zweimal Sex, danach hab ich mich nie wieder bei ihm gemeldet.

Beim nächsten Mal war ich dann schon fünfzehn und mit Jason Paruch zusammen. Jason war ein Red Bull saufendes, Slipper tragendes, egozentrisches, nur an sich selbst denkendes Arschloch. Er behandelte mich wie ein Stück Dreck und ich genoss es. Einmal hat er eine andere gevögelt und ich tat so, als wüsste ich nichts davon, nur damit er bei mir blieb. Ich war von ihm besessen. Wahrscheinlich ist er der Grund, warum mich so Scheißgefühle wie Schuld bis heute immer noch antörnen. Wir waren nur fünf Monate zusammen, aber ich hab ihn noch ein Jahr nach der Trennung gestalkt. Um ehrlich zu sein, bin ich erst richtig von ihm losgekommen, als ich dich kennengelernt habe.

Nach Jason gab es noch zwei weitere Typen, Erik Thormahlen und David Friedman. Beide gingen auf die

Harvard-Westlake. Keine Ahnung, ob sie voneinander wussten. Ich hab's mit jedem von ihnen nur ein paarmal gemacht.

Aber warum hab ich dich dann angelogen?

Weil ich dachte, dass du mich nicht mehr willst, wenn du die Wahrheit kennst. Nicht nur, dass ich keine Jungfrau mehr war, sondern dass ich zudem seit VIER JAHREN in mehr oder weniger regelmäßigen Abständen Sex gehabt hatte. Sex, der nichts mit Zärtlichkeit oder Liebe zu tun hatte. Das war reines Ficken. Während DU … Großer Gott, Dan, du warst quasi perfekt. Du hattest Prinzipien und Ideale, du warst romantisch und REIN. Und du wolltest jemanden, der gleichermaßen edlen Gemüts war.

Also gab ich dir das. Ich bot dir das Mädchen, von dem du immer geträumt hattest. Die Eine, die du entjungfern, entweihen, lieben konntest.

Aber irgendwie bist du aus dem Traum ziemlich schnell rausgewachsen, stimmt's? Je öfter wir Sex hatten, je besser der Sex wurde, desto weniger schienst du mich zu lieben. Was irgendwie logisch ist. Ich meine, wahrscheinlich ist es schwer, ein Mädchen zu respektieren, das auf allen vieren kauert und schmutzige Sachen mit dir macht.

FÜR dich.

Du dachtest, du hättest dir eine heilige Madonna geangelt, stimmt's, Novio? Aber in Wirklichkeit hattest du dich in eine Hure verliebt. Surprise, surprise! Wer kann es dir verdenken, dass du da bald das Interesse an mir verloren hast?

Natalie

Dan, 11:34 Uhr

Mein Herz schlackert in einer Art unrhythmischem Tanz.

Meine Hände sind so nass, als hätte ich sie gerade eben gewaschen.

Manchmal wenn ich nachts wach liege oder wenn ich im Unterricht vor mich hin döse, blitzen immer noch Bilder vor meinem inneren Auge auf: Nat, wie sie nackt über mir kauert, wie ihre Haarspitzen mein Gesicht streifen.

Ihr schmaler, blasser Körper, der sich unter mir windet.

Seidenlaken an samtweicher Haut.

Die Mischung aus Jasminduft und Schweiß.

Alles ist so scharf und lebendig. Erinnerungen, die ich Tausende Male abgespult habe, immer wieder. Und jetzt? Jetzt sind sie nichts mehr wert. Jede einzelne – nur noch eine verschissene Lüge.

Sie hat mich reingelegt.

Von vorn bis hinten verarscht.

Ich habe alles richtig gemacht – hab auf die Eine, die Richtige gewartet, die mit dem offenen Geist und dem warmen Herzen und den tollen Aussichten und den vielen Begabungen. Ich habe mir die Blitzgescheite ausgesucht, die Witzige, die einerseits über Frechheit und Sex-Appeal, andererseits aber auch über grundanständige Moralwerte verfügte. Es wäre mir völlig wurscht gewesen, ob sie schon vor mir Sex gehabt hatte, egal welche Sorte Sex. Aber nein, Nat musste mich anlügen. Sie musste unsere Geschichte umschreiben und manipulieren.

»Ich hab das noch nie gemacht«, hatte sie zu mir gesagt, und ihre Wimpern bebten dabei. »Ich hab solche Angst, Dan.«

»Was, wenn es wehtut?«

»Was, wenn ich blute?«

»Was, wenn ich dich enttäusche?«

Und der absolute Gipfel: »Du bist der Einzige, mit dem ich mir je vorstellen konnte, es zu tun.«

Ich habe ihr alles geglaubt, jedes Wort, jede Geste, jedes Stöhnen und Wimmern. Ich bin also ein Vollidiot, ja. Aber bin ich deswegen auch ein sexistischer Vollidiot, wie ihr Brief mir unterstellt? Hab ich jetzt etwa einen freudianischen Nervenzusammenbruch oder was?

Nein.

Denn hier geht es nicht darum, was mich an- oder abtörnt. Hier geht's um unsere Farce von Beziehung. Um Natalies Lügen.

Wäre es mir lieber gewesen, ich hätte meine Unschuld an die unerfahrene Jungfrau verloren, für die ich Nat hielt? Ja, sicher. Aber wenn sie genug Arsch in der Hose gehabt hätte, mir von vornherein alles zu erzählen, hätte ich sie trotzdem gewollt und begehrt, frühere Sexpartner hin oder her.

Jammerschade, dass sie mir gar nicht erst die Gelegenheit gegeben hat, es zu beweisen.

Ich richte mich auf, schaue mich um und ziehe dann mein Handy aus der Tasche. Arielles letzte Nachricht ist vom 6. Mai, das war vor zwei Wochen. Hast du in der Gloeckner-Vorlesung mitgeschrieben? Wenn ja, kann ich mir deine Notizen ausleihen?

Ich hatte den Kopf damals so voller Trennungsscheiß, dass ich nicht darauf geantwortet hatte.

Aber jetzt? Jetzt bin ich viel klarer im Kopf.

Ich tippe hastig, weil ich Angst habe, einen Rückzieher zu machen, wenn ich zu lange darüber nachdenke. Wo bist du? Ich drücke auf Senden.

Die Antwort kommt sofort. Chemielabor. Und du?

Ich schwänze Verfassungskunde. Wollen wir uns am Westausgang treffen?

Jetzt?

Meine Finger schweben über den Tasten. Ja, jetzt.

Keine Antwort. Ich packe trotzdem mein Zeug zusammen und gehe Richtung Westausgang.

Als ich ankomme, sitzt Arielle auf einem Felsen und wartet auf mich.

»War mir nicht sicher, ob du kommst«, sage ich.

»Sie bestellen, wir liefern«, sagt sie.

Ich senke verlegen den Blick zu Boden. »Wollen wir einen Spaziergang machen und uns ein bisschen unterhalten?«

»Wohin?«

»Keine Ahnung, einfach nur mal hier rauskommen?« Ich zeige unbestimmt auf die Bäume jenseits des Fußballfeldes.

»Können wir nicht einfach hierbleiben?«

»Können wir schon, aber …« Ich schenke ihr mein bestechendstes Lächeln. »Willst du wirklich nicht ein paar Schritte laufen?«

»Ich meine …« Sie sieht sich fahrig um, dann schaut sie auf ihre Armbanduhr. »Wolltest du mir jetzt irgendwas sagen oder nicht?«

Verlegen und verwirrt zucke ich zusammen. »Nein, nichts Bestimmtes.« Ich lächele wieder in der Hoffnung, die Stimmung zu heben, aber sie lächelt nicht zurück. Mit versteinertem Gesicht wartet sie auf eine Antwort.

»Ich wollte nicht …« Nervös schaue ich zu Boden. »Kann es sein, dass wir einfach ein schlechtes Timing hatten?«

»Schlechtes Timing?«

Meine Wangen werden rot. Hab ich mich zu weit vorgewagt? Ist sie sauer, weil ich auf ihre letzte Nachricht nicht reagiert habe? »Ging es dir wirklich nur um die Gloeckner-Vorlesung?«

»Was meinst du damit?«

»Ich wollte dich einfach sehen«, sage ich hastig. »Und ich dachte, vielleicht möchtest du mich auch sehen.«

»Dan.« Sie sieht mich merkwürdig an. »Ist das jetzt dein Ernst?«

»Du kannst doch nicht wirklich sauer sein, oder?«, plappere ich drauflos. »Ich hatte das ganze Jahr lang eine Freundin. Wir haben uns gerade eben erst getrennt und ich …«

»Hier geht's doch nicht um …« Sie bricht ab. »Ich hab doch auch einen Freund, und das weißt du.«

»Ja, ich weiß.«

»Und wir führen eine offene Beziehung«, fügt sie hinzu.

Das weiß ich auch. Whitman hat noch nie ein Geheimnis daraus gemacht, dass er nur für eine offene Beziehung zu haben ist, in der beide Seiten auch mit anderen Leuten Sex haben dürfen.

»Ich hab also nichts falsch gemacht, als ich mit dir geredet habe und so. Ich darf jederzeit mit anderen Jungs … abhängen.«

»Ich *weiß*.«

Sie wirkt auf einmal so traurig und klein. Ganz anders

als das freche Girl, das mir monatelang neckische Nachrichten geschickt hat. Ich denke an meine Geschichte mit Natalie und frage mich zum ersten Mal, ob Aris hartnäckige Ausdauer weniger mit mir, sondern eher mit ihrer eigenen unbefriedigenden Beziehung zu Whitman zu tun hatte.

»Tut mir leid, wenn ich dich irgendwie gekränkt habe.«

Ihr Gesichtsausdruck wird für eine Sekunde weicher, dann wirkt sie wieder verschlossen. »Ich bin nicht diejenige, bei der du dich entschuldigen solltest.« Sie macht eine vielsagende Pause. »Ruf lieber Natalie an.«

Ihre Worte jagen mir Schockwellen durch den Körper. »Natalie?«

»Ja, Dan.« Sie starrt mich an, und ihre Worte sind ein einziger eisiger Vorwurf. »Spar dir deine Entschuldigungen für sie auf.«

Textnachricht, Samstag, 6. Juni 2015, 23:45 Uhr, von David Friedman an Natalie Fierro

Was zum Teufel bist du, eine Sirene oder so was? Eine Verführerin? Eine Hexe? Ich muss die ganze Zeit an dich und deine langen Beine und deinen Scheiß-Buick denken. Komm her und erlöse mich.

E-Mail, Donnerstag, 29. Oktober 2015, 7:02 Uhr

Von: Jason Paruch

An: Natalie Fierro

Hey,

hör bitte auf, ständig an meinem Haus vorbeizufahren wie eine beknackte Stalkerin. Meine Eltern finden dich total durchgeknallt. Wenn du also nicht endlich aufhörst, kryptische Drohnachrichten an Taylor zu senden, rufe ich die Polizei.

JP

Chat, Mittwoch, 16. März 2016, 16:54 Uhr

Arielle_Schulman: Ich will Schluss machen.

TheBenWhitman: Nein.

Arielle_Schulman: Fick dich.

Arielle_Schulman: Na schön.

9

Los Angeles, Donnerstag, 11. Mai 2017, 19:15 Uhr

Hallöchen!

Ich sitze in unserem Lieblingslokal in Laurel Canyon, vor mir eine riesige Portion Spaghetti aglio e olio. Die Kerzen flackern, die Kellner huschen geschäftig umher, und die Stifte auf dem Tisch rufen meinen Namen. Wie geht's deinem Magen, Dan? Rumpelt er schon? Gehst du in Gedanken schon zurück zu dem Abend, an dem du in diesem warmen, stimmungsvollen Ambiente eine Riesenschüssel Tagliolini mit Trüffeln verschlungen und den Rest des Abends auf dem Klo verbracht hast?

Armer Junge. Oben und unten, überall kam das Zeug gleich wieder retour. Wie peinlich das für dich gewesen sein muss – dass das Mädchen, mit dem du zusammen warst, dich so elend erlebte. Natürlich hat es mir nichts ausgemacht, ich fand es schön, dich so zu sehen, verletzlich, hilfsbedürftig, ein bisschen verzweifelt. Ich fand es schön, dich mit Trost und schaler Cola umsorgen zu können.

»Nat, wach auf.«

Es war drei Uhr morgens, vor etwa drei Wochen hatten wir das erste Mal miteinander geschlafen, und bei dir waren gerade die Magen-Darm-Monster eingetroffen.

»Was ist denn los?« Ich war noch im Halbschlaf, blinzelte heftig und wischte mir die Spucke vom Kinn. »Alles klar bei dir?«

»Nein, mir geht's nicht gut, Nat.«

Dein Dad war gerade irgendwo im Norden unterwegs, Jessa in irgendeinem naturwissenschaftlichen Camp und meine Eltern irgendwo in der Wüste, wir hatten das Haus also für uns allein. »Wie meinst du das, nicht gut?«

»Mein Magen. Ich glaube, du solltest jetzt lieber gehen.«

»Wohin denn?«

»Nach Hause.«

»Was?! Nein!«

»Nat, bitte.«

»Aber warum?«

»Damit ich in Ruhe kotzen kann vielleicht?«

Ich stand auf, knipste die Nachttischlampe an und sah dich an. »Kannst du Wasser bei dir behalten?«

Mit hochrotem Kopf und leicht schwankend hast du den Kopf geschüttelt.

Ich schnappte mir ein Glas vom Nachttisch und machte mich schnurstracks auf den Weg zum Badezimmer. »Vielleicht kannst du es zumindest probieren.«

»Geh da nicht rein!«

Ich ignorierte deinen verzweifelten Ausruf, drehte den Türknauf und trat ein. Sofort empfing mich eine Übelkeit erregende Geruchswolke nach Erbrochenem. Ich sprang zurück und knallte die Tür zu.

»Okay, ich geh runter und hol dir was. Wo bewahrt ihr eure Medikamente auf?«

»In Dads Badezimmerschränkchen.« Du warst wie gelähmt vor Scham. Ich grapschte mir eins deiner Sweatshirts vom Boden und schlüpfte hinein, dann ging ich auf der Suche nach etwas Brauchbarem nach unten.

Ich hatte noch nie Gelegenheit gehabt, das Haus auf eigene Faust zu erkunden, und musste jetzt der Versuchung widerstehen, mehrere Stunden im Kleiderschrank deiner Mutter zu verbringen – in dieser begehbaren Zeitkapsel, die dein Vater in unberührtem Zustand aufbewahrte. Ich war da schon immer neugierig drauf gewe-

sen, spätestens nachdem ich einmal gesehen hatte, wie Jessa da drin herumwühlte, Ringe und Halsketten anprobierte, an den alten Kleidern eurer Mutter schnupperte. Fasziniert hatte ich zugesehen, unfähig, meiner eigenen Mutter solche sentimentalen Gefühle entgegenzubringen. War eure Mutter wirklich so umwerfend gewesen? So warmherzig und liebevoll? Ich hatte keine Antwort darauf. Natürlich hatte ich dich nach ihr gefragt, aber du warst meinen Fragen immer ausgewichen.

»War sie die Sorte Mutter mit Chanel No. 5 und baumelnden Ohrringen?«

»Hä?«

»Wie die Mütter in Hollywoodfilmen, weißt du? Oder eher wie eine Schönheitskönigin?«

»Keine Ahnung, Nat. Sie war natürlich sehr hübsch. Aber sie war Krankenschwester.«

Sie war der Teil von dir, zu dem ich nie Zugang bekam, der Teil, den du am vehementesten verteidigt hast. Sie war Die Andere Frau, Dan. Eine von vielen, wie ich inzwischen weiß, aber eben das Original. Deine Mutter.

Ich gönnte mir also nur einen kleinen Abstecher in den begehbaren Schrank. Ich zog das eine oder andere Kleid hervor, befühlte die Seide, das Leinen, tupfte mir ihr Rosenöl auf die Handgelenke, trug ein bisschen Lip-

penstift auf. Dann eilte ich nach unten, um den Wasserkocher anzuschmeißen.

Eine Viertelstunde später ging ich mit einem Tablett voller Zeug wieder nach oben: Vomex, heißer Tee, Ginger Ale, alte Salzstangen, ein warmer Waschlappen, ein Fläschchen Aktivkohletabletten. Du lagst seitlich auf dem Bett, dein Atem ging unregelmäßig.

»Hier.« Ich reichte dir zwei Tabletten und die Ingwerlimo.

»Scheiße, was ist das?«

»Kohletabletten. Die kriegt man im Krankenhaus, wenn man eine Überdosis von irgendwas erwischt hat.« Das hatte ich auf die harte Tour am eigenen Leib erfahren müssen, als ich es mal mit Oxycodon übertrieben hatte. »Die saugen alles auf, was dich von innen krank macht.«

»Und die hast du in Dads Schränkchen gefunden?«

»Nein, bei Jessa. Auf YouTube gibt's Videos von so Hippie-Mädchen, die sich damit die Zähne bleichen. Na los, schluck schon runter.«

Du hast dich aufgesetzt, die Pillen geschluckt und dich dann wieder ins Kissen fallen lassen. »Als ich dir eine romantische Nacht versprochen hab, hatte ich echt eine andere Vorstellung im Kopf.«

»Macht doch nichts«, sagte ich und stellte das Tablett auf dem Nachttisch ab. »Möchtest du fernsehen?«

»Ja, aber du solltest dich lieber in Jessas Bett legen und ein bisschen schlafen.«

»Ach was. Ich guck mir lieber mit meinem Freund geschmacklose Werbespots an.«

Du hast ein halbes Lächeln zustande gebracht. »Bitte erwähne erst mal nichts, was auch nur ansatzweise mit Geschmack zu tun hat, okay?«

»Oh, sorry!« Ich warf dir die Fernbedienung zu und nahm den Waschlappen in die Hand. »Möchtest du den haben?«

»Ja, bitte.«

Ich faltete ihn längs und legte ihn dir auf die Stirn. »Gut so?«

»Ja.«

»Nicht zu heiß?«

»Nein, genau richtig.« Du machtest den Fernseher an. »Nat?«

»Hmm?«

»Danke, dass du dich so um mich kümmerst.«

Das war das perfekte Dankeschön, ehrlich und traurig zugleich. Ich überlegte, ob dir das fehlte, seit deine Mom nicht mehr da war, ob dein Vater dich je so verhätschelte, oder Jessa. Wann hattest du zuletzt wirklich das Gefühl gehabt, umsorgt zu werden? Als deine Mutter noch da war? Ich wollte diese Lücke in deinem Leben fül-

len, Dan, ich wollte dir Trost spenden und Sicherheit geben, Geborgenheit. Ich wollte dich lieben und bemuttern und wiederum auch von dir bemuttert werden und dir schöne Sachen kaufen und dich vögeln und heiraten und deine Geliebte sein.

»Trägst du etwa gerade Lippenstift?«, hast du mich gefragt.

Ich wollte dein Ein und Alles sein.

Und auf einmal, für einen kurzen Moment, während ich zusah, wie du einen milchigen Schluck Vomexsaft nahmst, war ich es tatsächlich.

X, N

Dan, 11:55 Uhr

Der Gedanke, dass Nat in der Nacht unten die Kleider meiner Mutter betatschte, während ich mir oben nichts ahnend die Seele aus dem Leib kotzte, bereitet mir Übelkeit. Niemand könnte jemals meine Mutter ersetzen, schon gar nicht Natalie mit ihrer ewigen Selbstsüchtigkeit, ihren Stimmungsschwankungen, ihren verrückten Manipulationsversuchen, ihrem seelischen Hakenschlagen …

»Hat sie so ausgesehen wie du?«

Wir haben nur einmal ernsthaft über meine Mutter gesprochen, während wir einen Schaufensterbummel durch Hillhurst machten.

»Ähm … nein«, sagte ich und reichte Nat das Eis, das wir uns teilten. Meine Mutter war zu diesem Zeitpunkt seit zwei Jahren tot, was lange klingen mag, sich für mich aber immer noch sehr frisch anfühlte. »Jessa ähnelt ihr mehr – die Augen, die blonden Haare … Ich komme mehr nach meinem Vater, glaube ich.«

»Auf keinen Fall«, sagte Nat und rümpfte die Nase. »Er wirkt immer so grimmig.«

»Du findest meinen Dad grimmig?«

»Er *wirkt* so«, sagte Nat seufzend. »Irgendwie finster, weißt du? Die Augenbrauen …« Sie knabberte an der Löffelspitze. »Wie haben die beiden sich eigentlich kennengelernt?«

»Auf einer Party am College.«

»Dann waren sie also schon während der Schule zusammen. Jugendliebe – genau wie bei uns.«

»Plus/minus vier Jahre«, sagte ich.

Sie lächelte wehmütig. »Er vermisst sie bestimmt sehr.«

»Ja, extrem.«

»Traurig, oder?« Sie tauchte den Löffel ins Schokoeis und drehte ihn geistesabwesend herum. »Aber auch irgendwie romantisch. Dass er immer noch so trauert … Meinst du, das liegt daran, dass ihre Liebe so außergewöhnlich war? Oder hat das was mit dem Tod an sich zu tun?«

Ich verspannte mich. »Wie meinst du das?«

»Na ja, so wie manche Leute, wenn sie tot sind, plötzlich zu Heiligen mutieren. Carrie Dressman, zum Beispiel, die hat sich umgebracht, als ich in der Neunten war. Vorher hat kein Mensch sie gemocht, aber als sie tot war, haben plötzlich alle wochenlang geheult.«

»Aber was hat das mit meiner Mutter zu tun?«

»Hä?« Abrupt kehrte sie wieder in die Wirklichkeit zurück. »Oh, gar nichts. Na ja, vielleicht doch … Ich hab mich nur gefragt, ob der Tod einen irgendwie zu einem besseren Menschen macht. Ob dann automatisch das Sündenregister gelöscht wird, du weißt schon.«

»Nein, weiß ich nicht.«

»Ach komm schon! Ist doch faszinierend, oder nicht? Wie der Tod die Sichtweise der Menschen verändert.« Sie griff lachend nach mir. »Mann, ich sollte mich umbringen. Dann wäre ich bei den Marlborough-Leuten vielleicht total beliebt.«

Ich hätte am liebsten irgendwo reingeschlagen, in eine Mauer, einen Baum, ein Gesicht. »Willst du damit andeuten, meine Mutter kann gar nicht so toll gewesen sein, wie ich denke?« Ich wich zurück. »Dass die Ehe meiner Eltern nichts Besonderes war? Dass meine Erinnerungen einfach nur Trugbilder sind?«

Sie riss die Augen auf. »Das hab ich nicht gesagt.« Sie versuchte mein Gesicht zu streicheln, aber ich wich ihr aus. »Ich hab doch nur theoretisch darüber nachgedacht.«

»Du hast meine Mutter doch überhaupt nicht gekannt.«

»Das weiß ich.«

»Du hast noch nie jemanden verloren.«

»Ich weiß. Hey!« Sie streckte die Hand nach mir aus. »Ich wollte dich nicht verletzen. Und auch nichts Schlechtes über deine Mom sagen. Ich bin sicher, sie war toll.«

»Das ist schwer untertrieben.«

»Okay, tut mir leid.«

Mein Kopf war immer noch so von meiner Wut vernebelt, dass ich sie kaum hörte. »Und was sollte der blöde Selbstmordwitz eben?«

Sie zögerte einen Augenblick. »Wer sagt denn, dass das ein Witz war?«

Es kam mir vor, als hätte mich ein elektrischer Schlag erwischt, und ich wollte plötzlich nur noch weg. »Ich bring dich jetzt nach Hause«, sagte ich, packte sie grob am Arm und bog nach rechts in die Finley Street ein.

»Dan, komm schon!« Sie trippelte hastig neben mir her. »Ich hab doch nicht vor, das wirklich zu machen! Es ist nur ein Gedanke, der mich tröstet, wenn es mir richtig Scheiße geht.«

»Sterben hat nichts Romantisches an sich.«

»Hab ich doch auch gar nicht gesagt.« Sie machte sich los und joggte ein paar Schritte vor mir her, dann drehte sie sich um, sodass wir uns ansehen konnten. »Ich finde nur ... Es ist doch sowieso unausweichlich, oder nicht? Wir müssen alle irgendwann sterben. Was ist verkehrt daran, wenn man selber bestimmen will, wann und wie es passieren soll?«

»Dann willst du dich also umbringen?«

Sie lachte. »Nein, im Moment eigentlich nicht.«

»Aber du hast schon darüber nachgedacht.«

»Ja, hab ich.« Sie sagte es wie beiläufig, als hätte sie

gerade noch eine Weinschorle mit Zitrone bestellt. »Aber nicht wirklich ernsthaft oder so.«

Wir hatten inzwischen das Auto erreicht und ich nestelte in der Hosentasche nach dem Schlüssel.

»Hörst du mir überhaupt zu?« Nat schlüpfte mit einer Hand an der Taille unter mein Hemd. Ihre Finger fühlten sich erschreckend eisig an auf meiner Haut. »Im Moment ist doch alles bestens. Wir sind zusammen. Du machst mich glücklich, Dan.«

»Ich kann aber nicht dein Retter sein.«

»Bist du aber nun mal, du bist mein Held.«

»Will ich aber nicht sein.«

Sie löste sich von mir. »Du hast echt eine Begabung, einen schönen Moment zu zerstören!« Sie ging zur Beifahrerseite und zog mehrfach vergebens am Türgriff. »Lässt du mich jetzt bitte mal einsteigen?«

Ich bereute den Satz mit dem Retter augenblicklich. »Hör zu …«

»*Lässt du mich jetzt einsteigen?*«, wiederholte sie.

»Klar«, murmelte ich schwach und drehte den Schlüssel im Schloss, sodass der Riegel hochklackte.

E-Mail, Donnerstag, 18. August 2016, 6:46 Uhr

Von: Ruth Schwarzbein

An: Dan Jacobson; Jessa Jacobson

Ihr Lieben, ich hab euch unten ein Bild angehängt. Das sind eure Mom und ich mit Anfang zwanzig vor den alten Gebäuden von North Beach. Das Foto wurde kurz nach einer Party aufgenommen, die wir zu Ehren des französischen Nationalfeiertags veranstaltet hatten – Joyeux Quatorze Juillet! Ich war damals geradezu lächerlich frankophil.

Und der Rauch, der aus der Hand eurer Mutter aufsteigt – das ist ein Joint, keine normale Zigarette! Was für eine Rebellion! Aber Finger weg von Drogen, Leute!

In Liebe

eure Tante Ruthie

E-Mail, Donnerstag, 18. August 2016, 11:35 Uhr

<u>Von: Paul Jacobson</u>

<u>An: Dan Jacobson</u>

Ist es okay für dich, wenn Jessa dieses Jahr das Restaurant aussucht? Sie will zum Vietnamesen, vor allem wegen dem Bánh Mì. Sie meint, auf so was würde Mom bestimmt abfahren.

Kümmerst du dich um die Torte? Kauf am besten zwei große Packungen Geburtstagskerzen, sie wäre dieses Jahr achtundvierzig geworden.

Dad

Textnachricht, Donnerstag, 18. August 2016, 12:54 Uhr, von Jessa Jacobson an Dan Jacobson

> Die Jacke, die du heute anhattest, ist grauenhaft. Mom hätte sie gehasst. Wo hast du das Ding überhaupt her? Von Natalie? Wieso stehen reiche Mädchen immer auf so hässliche Klamotten?

10

In der Wüste, 12. Mai 2017, 15:25 Uhr

Hey,

ich bin in Joshua Tree, im Wochenendhäuschen meiner Eltern, wo du und ich unser erstes und einziges gemeinsames Wochenende außerhalb der Stadt verbracht haben. Weißt du noch, wie viel Spaß wir hier hatten? Wein trinken vor dem offenen Kamin? Miteinander vögeln, den Rücken gegen die kalte Lehmsteinmauer gepresst? Steppenläufern dabei zuschauen, wie sie durch die karge, staubige Landschaft kullern? Das war das Beste überhaupt, Dan – diese eiskalten Nächte und brüllheißen Tage, das 24-7-Liebesfest. Es war das Beste überhaupt, bis es sich – ja, du hast es erraten – auf einmal in das Schlimmste überhaupt verwandelte.

»Aya-wie?«

»Ayahuasca«, wiederholte ich betont deutlich. Wir lagen auf dem kratzigen türkisfarbenen Teppich und aßen Mandarinen, die Spätnachmittagssonne wärmte uns von der Seite. »Meine Mutter veranstaltet immer so Junkie-Zeremonien. Da sitzen sie in dem Tipi da draußen im Nirgendwo und trinken Ayahuasca und haben stundenlange Halluzinationen, bei denen ein Schamane sie zur spirituellen Erleuchtung führt.«

»Du verarschst mich.«

»Nein, ich schwöre, das stimmt.«

Du hast ein Stück Mandarine gegessen und dich für einen nach Zitrusaroma schmeckenden Kuss zu mir rübergebeugt. »Wollen wir nachher noch ausgehen? Ins Pappy and Harriet vielleicht?«

»Ja, bitte!« Seit Jahren freute ich mich darauf, meinem Lieblings-Wüstensaloon in Begleitung meines Freundes einen Besuch abzustatten. »Ich hab das perfekte Kleid dafür gekauft. Willst du mal sehen?«

Dein Handy bimmelte. Ich griff danach und schaute auf die Kurzansicht. »Von Ruby«, sagte ich. »Sie schreibt ›SOS‹.«

»Sie macht sich tierisch Sorgen um ihre Mutter, weil die an der Schilddrüse operiert wird«, sagtest du und warst schon dabei, ihre Nummer einzutippen. »Du kannst das Kleid ja gern schon mal anziehen.« Dann bist

du auf die Veranda rausgegangen. »Dauert nur eine Minute.«

Es dauerte zwölf Minuten, ich hab mitgezählt. Ich beobachtete dich durch die Scheibe der Schiebetür, sah dich wie den netten Kerl, der du bist, sah, wie dein Gesicht unzählige Ausdrücke annahm, die mir alle vertraut waren. Du warst einfach du selbst – interessiert, aufmerksam, fürsorglich –, nur dass du es diesmal eben bei IHR warst.

»Geht's ihr gut?«, fragte ich hinterher, obwohl es mir vollkommen egal war, wie es ihr ging. Ich stand in meinem Kleid mit Spaghettiträgern barfuß auf dem Teppich und konnte es kaum erwarten, wie du darauf reagieren würdest.

»Du siehst hammermäßig aus«, sagtest du traurig, aber ohne zu lächeln. Deine Lippen waren ein harter, horizontaler Strich. »Nat …«

Ich schüttelte den Kopf und schüttelte und schüttelte, aber …

»Nat, es tut mir so leid. Ihre Mutter hat eine Art Narkoseschaden erlitten und hängt jetzt an irgendwelchen Apparaten, Ruby ist am Durchdrehen …«

»Wird sie sterben?«

»Nein! Nein, ihre Mutter wird wieder gesund, aber im Moment steht sie unter starken Medikamenten und redet Unsinn und …«

»Dann wirst du nicht hingehen.«

»Ich muss.«

»Nein, musst du nicht. Wir können morgen etwas früher zurückfahren …« Ich schnappte mir den Autoschlüssel vom Tisch und umklammerte ihn. »Wir wollten doch ins Pappy and Harriet.«

»Ruby ist völlig fertig.«

»Na und?«

»Na UND?!« Dein Gesicht wirkte plötzlich wie ein Ballon, aus dem schlagartig alle Luft entwichen war.

»Ihre Mutter wird überleben, sie wird überleben, also wozu die Eile?«

Jetzt warst du sauer. »Was, wenn es um deine Mutter ginge?« Du schautest mich aus zusammengekniffenen, blitzenden Augen an.

»Das wäre natürlich was anderes«, sagte ich. »Aber es geht nun mal nicht um meine Mutter, Dan, sondern um Rubys, und Ruby ist nicht deine Freundin.«

»Ich bin nicht mit ihr zusammen, aber ich kenne sie wesentlich länger als dich. Zählt das denn gar nichts?«

Genauso gut hättest du mich ohrfeigen können.

»Verpiss dich«, sagte ich, schleuderte den Schlüssel zu Boden und machte mich auf den Weg ins Schlafzimmer. »Fahr doch hin und mach ihr den Ritter in strahlender

Rüstung.« Ich schob mir die Spaghettiträger von den Schultern und ließ mein Kleid zu Boden fallen.

»Du benimmst dich wie ein kleines Kind.«

»Ich BIN ein kleines Kind, du Arschloch!« Wütend und den Tränen nahe zitterte ich in meiner Unterwäsche. »Jetzt hau endlich ab, verdammt!«

»Natalie.«

»Raus!«

»Wir haben nur ein Auto da«, sagtest du stirnrunzelnd. »Was willst du denn machen – hierbleiben, bis dir der Mandarinenvorrat ausgeht?«

Du hast dich gebückt, um mir über den Rücken zu streicheln. »Sie war auch schon mal für mich da, Nat.« Ich konnte dich durch meinen Tränenschleier kaum erkennen. »Als meine Mutter schwer krank wurde, war sie für mich da.« Deine Stimme hörte sich jetzt weicher an.

Ach, scheiß drauf!

Ruby Lefèvre mag vielleicht ein langweiliges Ding sein, das aus lauter langweiligen Sachen besteht – Vanilleeis und Salzcrackern und geschmacklosen Nudeln –, aber eines steht fest: Sie hat dein Herz in der Hand.

»Na schön.« Ich fühlte mich entsetzlich, aber ich wusste, dass ich verloren hatte. »Dann hat Ruby also wieder gewonnen.« Ich wischte mir die Tränen weg, griff mir ein T-Shirt vom Boden und richtete mich auf.

»Das ist doch kein Wettbewerb, Nat.«

Da war ich mir nicht so sicher. Und ich glaube, du auch nicht.

Ms Lefèvre hat zum Glück überlebt, natürlich – sie haben ihr ein anderes Narkosemittel verpasst und ihr dann erfolgreich die Schilddrüse rausgeschnippelt. Ruby hätte während der ganzen OP ununterbrochen geweint, hast du erzählt. Bestimmt an deiner Schulter, was? Bestimmt hat sie sich wie Frischhaltefolie um dich gewickelt und in deinen Kragen geschluchzt. Ist auf dem schmalen Grat zwischen Freundin-in-Not und Ach-wann-fickst-du-mich-endlich herumgeritten.

Ich hab diesem Mädchen noch nie über den Weg getraut, Dan. Keine Sekunde.

Aber ich hab dir vertraut.

Großer Fehler.

Nat

Dan, 12:30 Uhr

Okay, Scheiße, sie weiß es.

Ich bin überrascht, wie lange sie gebraucht hat, um es anzusprechen. Entweder hat sie sich bisher mit herkulischer Kraft zurückgehalten oder sie hat diese Nummer perfekt getimt und choreografiert. Was wohl als Nächstes kommt? Will sie mich vor allen Leuten foltern? Mich kreuzigen?

Um eins klarzustellen: An dem Wochenende ist zwischen mir und Ruby nichts passiert. Nat und ich fuhren stumm nach L.A. zurück und ich fuhr allein weiter zum Krankenhaus.

»Jetzt hab ich dein Date ruiniert«, sagte Ruby im Wartezimmer. Sie trug ein schäbiges T-Shirt und eine ausgeleierte Jeans und sah verheult aus. »Ist sie jetzt sauer?«

»Stinksauer.« Ich ging auf sie zu, lächelte und zog sie zu einer viel zu engen Umarmung an mich heran. »Wie geht's deiner Mom?«

»Heute Morgen hat sie ununterbrochen gekotzt. Inzwischen kriegt sie eine Kochsalzinfusion und Mittel gegen die Übelkeit, das scheint zu wirken.«

»Hast du denn schon was gegessen?«

»Hey, ich hab ihr den ganzen Tag beim Würgen zugesehen.«

»Alles klar. Kaffee? Tee?« Ich rieb ihr über die kalten Hände. »Du bist ja der reinste Eisklotz.«

»Ich glaube, ich bräuchte was Stärkeres als Tee.«

»Whisky?«

»Morphin, intravenös.«

»Tja, Miss Lefèvre«, sagte ich, legte ihr einen Arm um die Schultern und führte sie zu den Aufzügen. »Da haben Sie genau den richtigen Ansprechpartner gefunden.«

»Deine Mutter fehlt mir«, sagte Ruby kurze Zeit später. Wir saßen auf einem perfekt manikürten Fleckchen Rasen im Innenhof des Krankenhauses und umklammerten heiße Wegwerfbecher. »Sie hat immer die leckersten Sachen gemacht.«

»Erdnussbutterkekse.«

»Haferplätzchen mit Schokostückchen.«

»Tahini-Sesampaste.«

»Panierte Artischocken.«

»Ich vermisse sie auch.« Ich stocherte mit der Hand in der Erde und angelte mit dem Mittelfinger ein einsames Unkrautstängelchen heraus. »Aber deine Mutter wird wieder gesund.«

»Ich weiß.« Sie lächelte mehrere Sekunden, dann brach es wieder aus ihr heraus. Sie beugte sich vor und schluchzte hemmungslos in ihre zittrigen Hände.

»Ruby, alles wird gut.«

»Wie kann jemand, der sich nur von Brokkoli und Gerstenbrei ernährt, auf einmal Schilddrüsenkrebs kriegen?«

»Ich glaube, wir haben unsere Gesundheit nicht halb so gut in der Hand, wie wir immer denken.«

»Das ist schrecklich.«

»Oder befreiend.«

»Tut mir leid.« Sie verzog das Gesicht, und in ihrer Stimme schwang das schlechte Gewissen mit. »Ich wollte damit nicht andeuten, dass deine Mom … dass sie krank geworden ist, weil sie irgendwas falsch gemacht hat oder so.«

»Ich weiß, was du meinst.« Ich drückte ihr besänftigend die Hand.

»Wie hältst du das nur aus, Dan?« Mit einem traurigen Lächeln erwiderte sie den Händedruck. »Dieses Gefühl … das erstickt einen. Ich fühle mich …« Ein neuerlicher Weinkrampf. »Wenn sie stirbt, dann sterbe ich auch.«

»Sie wird nicht sterben.« Ich nahm ihr Kinn in die Hand und hob es leicht an. »Hörst du? *Sie wird nicht sterben*. Ihr habt eine schlimme Diagnose bekommen, aber die Ärzte kriegen das wieder hin.«

Ja, das hab ich gesagt, aber wie hätte ich mir sicher sein können? Schließlich war meiner Mutter, als sie krank wurde, auch alles Mögliche versprochen worden.

»Bestimmt?« Als Ruby ihre Tränen wegblinzelte, flatterten ihre Wimpern wie Insektenflügel.

»Ruby, ich kann dir nicht garantieren, dass deine Mutter nicht nächsten Monat zum Einkaufen geht und vom Bus angefahren wird, okay? Aber ich glaube fest daran, dass sie das bisschen Schilddrüsenkrebs überleben wird. Ganz bestimmt.«

Als sie sich erleichtert nach vorn fallen ließ, streiften ihre Haare meine Brust. »Du und deine Mom – ich konnte heute den ganzen Vormittag an nichts anderes denken.«

Ich strich ihr über den Kopf, und meine Finger blieben in ihren verfilzten Locken hängen.

»Du musst sie so unglaublich vermissen.«

»Ja, das tue ich.«

Ich vermisste es, mit ihr Schulsachen einkaufen zu gehen, ich vermisste die langen gemeinsamen Autofahrten, sogar die zum Kieferorthopäden, ich vermisste ihre Backarien am Sonntag, die Frühstücke mit Bagels und Räucherlachs und dünnem Kaffee, und ich vermisste …

»Ihr … Duft fehlt mir, weißt du?«

»Oh ja, sie hat immer so gut gerochen! Nach Blumen, aber nach frischen, lebendigen.« Rubys Finger zeichneten elfenzarte Achten auf meinen Unterarm.

Dan, 12:44 Uhr

»Hey!«

Es ist Ruby. Sie sieht erhitzt und erschöpft aus. Ruby, der ich jetzt schon seit sechs Wochen aus dem Weg gehe.

»Ich hab dir heute schon eine Nachricht geschickt«, sagt sie, und sofort purzeln mir irgendwelche sinnlosen Ausreden aus dem Mund. »Heute ging's total drunter und drüber, tut mir leid, dass ich mich noch nicht bei dir ...«

»Nein, Dan, schau mal.« Sie knallt eine steife, ausgefranste Leinwand gegen mein Schließfach. Die Leinwand ist mit bunten Papierstreifen beklebt, winzige Gesichter, die alle zusammen ein einziges großes bilden – eins, das genauso aussieht wie Ruby. »Ist das ...?«

»Ein original Fierro?« Sie schmeißt mir das Bild in den Schoß. »Ich wage mal zu behaupten ... ja.«

Die Augen des Porträts sind mit zerrissenen Streifen tintenschwarzer Seide geschwärzt, der Mund ist offen wie zum stummen Schrei, eine dunkle Höhle, nur aufgehellt von einer schlangenähnlichen Zunge, die aus Hunderten winziger roter, gebrochener Herzen geformt ist. Sie ist bedrohlich lang und an der Spitze gespalten, die beiden Spitzen gleiten wie bittere, rachsüchtige Giftschlangen zu beiden Seiten des Bildes nach oben.

»Wow!«

»Scheiße, was soll das sein?!«, sagt Ruby. »Eine Art Drohbrief?«

Davon geh ich mal aus. »Ja, vielleicht …«

»Dann weiß sie wohl Bescheid, oder wie?«

»Ja, ich glaube schon.«

Ruby lässt ihren Rucksack fallen und schmeißt sich neben mich hin. »Habt ihr denn immer noch Kontakt?«

Ich überlege, ob ich ihr von den Briefen erzählen soll, lasse es dann aber bleiben. Man sollte kein Öl ins Feuer gießen. »Nicht wirklich.«

»Nicht wirklich?«

»Ich möchte jetzt nicht darüber reden, okay?« Nat, Ruby, Arielle … das ist alles zu viel für mich. »Um fünf ist Ryans Abschlussfeier, und ich will mich darauf konzentrieren.«

»Hach, soll ich dann lieber bei Ihrer Sekretärin um einen Gesprächstermin anfragen, Werner Herzog?«

»Ruby, ich brauch einfach eine kleine Verschnaufpause.«

»Wovon? Von *mir*?«

»Ich hab nur …« Aber was kann ich schon als Entschuldigung anbringen? Ich gehe ihr seit Wochen wie ein feiges Arschloch aus dem Weg. »Die ganze Sache mit Nat und der Schule und … Das ist mir alles über den Kopf gewachsen.«

»Jaja, Nat und die Schule und dein Film und alles. Meine Güte, du bist echt unausstehlich geworden.« Sie steht hastig auf, wobei sie auf die Collage tritt. »Tut mir leid, dass ich dich mit meinen Verlustängsten und meiner Einsamkeit belästigt habe. Sag deiner verrückten Ex, sie soll aufhören, mir solche gruseligen Nachrichten zu schicken.«

Ich spüre, wie mir die Schamesröte ins Gesicht schießt, und springe auf. »Ruby, warte.« Aber sie wartet nicht, sie stürmt den Flur hinunter, und ihre Schultasche prallt ihr bei jedem Schritt gegen die Hüfte. »Ruby!« Ich stürze hinterher, hole sie ein.

»Was ist?« Sie wirbelt zornig zu mir herum. »*Jetzt* willst du auf einmal reden oder was?«

»Ja. Es tut mir leid.«

»Was denn genau?«

»Dass ich dir aus dem Weg gegangen bin, seit wir …« Ich kann es nicht aussprechen. Ich bin so ein Waschlappen.

»Seit wir *was*, Dan?«

»Ruby, bitte … Jedes Mal, wenn ich dich sehe, sehe ich automatisch *sie* in meinem Kopf und ich …«

»Hör auf, ständig von Natalie zu reden!«, schreit sie. Ihre Stimme klingt belegt und brüchig. »Meine Güte, du bist gar nicht mehr mit ihr zusammen und trotzdem immer noch von ihr besessen!«

»Tut mir leid«, wiederhole ich, und diesmal meine ich es wirklich ernst.

»Sie hockt immer noch in deinem Kopf und manipuliert dich.«

»Nein, das stimmt nicht.« Aber im Grunde hat sie absolut recht.

»Ich will nicht mehr mit dir befreundet sein.« Rubys Unterlippe zittert.

»Rubes …« Mir bricht fast das Herz. Ein massiger Junge mit einer fetten Sporttasche rammt sie volle Breitseite, aber sie zuckt nicht mal zusammen. Ich fühle mich wie ein Stück Dreck. Wie der letzte Abschaum. Ich bin müde und sauer auf mich selbst und stinkig, dass ich jeden Menschen verloren habe, der mir je etwas bedeutet hat: erst meine Mom, dann Nat, und jetzt Ruby.

»Du fehlst mir«, flüstere ich und fühle mich schuldig, als ich es ausspreche, als würde das Eingeständnis, dass ich Ruby brauche, mich zu diesem widerlichen Arschloch machen.

»Dann nimm mich doch«, sagt sie ganz offen – die Augen groß vor Tränen und Sehnsucht. Ich kann bis tief in ihre Seele hineinsehen, es ist atemberaubend und gleichzeitig angsteinflößend, und der ganze Druck ihrer Erwartungen und ihres Schmerzes nimmt mir die Luft zum Atmen. Ich kann mit dieser Version von Ruby, mit der weinenden, verzweifelten Ruby, die fleht und sich verzehrt und mir das Gefühl gibt, ein unentschlossener Mistkerl zu sein, nicht umgehen. Ich finde es zum Kotzen, dass sie mühelos erkennt, was für ein rückgratloser, feiger, egoistischer und notgeiler Arsch ich bin, der das Mädchen, das er liebt, beinahe gevögelt hätte, aber sich nicht traut, mit ihr zusammen zu sein. Sie erinnert mich daran, dass ich dieser Arsch bin. Die Sorte Kerl, die ich nicht ausstehen kann. Die Sorte Kerl, die ich nie sein wollte.

»Ich will mit dir zusammen sein«, sagt Ruby, und ihre Augen flackern dabei ständig hin und her.

Ich hätte niemals damit anfangen sollen. »Ich kann nicht dein fester Freund sein, Ruby.«

»Und warum nicht?«

»Weil wir das nicht sind, du und ich. So sind wir nicht.« Ich lächle, während mir eigentlich zum Heulen ist. »Wir sind doch Freunde.«

Ruby spannt die Kieferknochen an. Sie streicht sich mit einer Hand die Locken glatt und tritt einen Schritt zurück. »Unter Freunden zieht man sich nicht nackt aus, Dan.«

»Das stimmt.«

»Ich jedenfalls nicht. Und ich dachte eigentlich, du auch nicht.«

Sie weint jetzt nicht mehr. Sie ist starr und stoisch, und auf einmal ist alles ganz anders. Die Luft um uns herum ist eisig und trocken. Die Deckenlampen summen und werfen einen aschblauen Farbton auf Rubys Gesicht.

»Ich hab's versaut, das mit uns, stimmt's?«, sage ich leise.

Ruby steht eine Minute nur blinzelnd da und schweigt. »Du hast uns vernichtet«, sagt sie dann, dreht sich auf dem Absatz um und geht davon.

Textnachricht, Dienstag, 15. Januar 2013, 15:41 Uhr, von Mom an Dan

Hey mein Süßer, kannst du Punkt 4 draußen sein? Ist Ruby auch dabei? Ich hab Grandmas Ehering ins Handschuhfach gelegt, für den Tag, an dem du genug Mut zusammengekratzt hast, um ihr einen Antrag zu machen. ;-)

Chat, Dienstag, 10. Januar 2017, 23:18 Uhr

Audra_Rey: Geile Neuigkeiten von meinem zukünftigen Ehemann.

M_Haney: Er hat ILD zu dir gesagt?

Audra_Rey: Nicht ganz. Ich war vorhin bei Jessa, hab ihr bei einer Interviewsession für ihren Kanal geholfen. Und als ich nach oben zur Toilette bin, ist er an mir vorbei und hat mich richtig mit den Augen ausgezogen, gezwinkert und gesagt: »Süßes Kleid, Rey.«

M_Haney: Krass!

Audra_Rey: Ja, ne?

M_Haney: WAS HAST DU ANGEHABT, REY?

Audra_Rey: EIN SCHEIẞHEIẞES KLEID, HANEY!

M_Haney: Ist er noch mit Natalie zusammen?

Audra_Rey: Laut Jessa ja, aber sie sagt, er ist total unglücklich. Wie nennt man das, wenn man sich freut, dass es einem anderen scheiße geht?

M_Haney: Schadenfreude.

Audra_Rey: Ja, genau. Ich bin schadenfroh. Und ich hoffe, sie machen Schluss. Bin ich deswegen ein schlechter Mensch?

M_Haney: Vielleicht?

M_Haney: Scheiße, ich hoffe echt, die Beziehung geht in die Brüche.

Audra_Rey: Ja, ich auch.

M_Haney: Schadenfreude ist geil.

11

Los Angeles, Samstag 13. Mai 2017, 10:40 Uhr

Hola, Novio!

Ich befinde mich auf den Hügeln hinter dem Hollywood-Schriftzug und denke zurück an die Wanderung, die mir das Wandern für alle Zeit verleidet hat: Griffith Park, ein gutes Stück westlich von Ferndale – steile Pfade, irre Panorama-Aussicht, Sukkulenten, Pferdeäpfel, Wildblumen, Hunde ohne Leine … Allein schon hier zu sein, erweckt in mir den Drang, meinen Kopf gegen einen Felsen zu knallen. Dabei habe ich diesen Ort mal geliebt, Dan. Richtig, richtig geliebt. Jetzt macht er mich nur noch traurig und bereitet mir Übelkeit – die beiden Kennzeichen eines auf vernichtende Weise gebrochenen Herzens.

»Hey.«

Die Sache in Joshua Tree war fast eine Woche her, und

wir hatten seitdem bis auf ein paar inhaltsleere Textnachrichten über Ms Lefèvre und ihre OP kaum miteinander kommuniziert. Und so war ich, als wir uns schließlich oben am Ausgangspunkt des Wanderwegs trafen, total verstört, zittrig, den Tränen nahe und …

»Hi«, sagte ich, ignorierte deinen säuerlichen Gesichtsausdruck und versuchte meine Anspannung hinter einem breiten, gespielten Grinsen zu verstecken. »Wo wollen wir lang?« Ich deutete auf die Weggabelung. »Richtung Stall oder Richtung Hollywood?«

»Hier lang.« Du schlugst den Weg zur Sunset Ranch ein.

»Alles okay bei dir?«, fragte ich, denn für mich fühlte sich alles absolut nicht okay an. Du bist die ganze Zeit zwei Schritte vor mir hergelaufen, deine schwarzen Nietensneaker hämmerten über die festgestampfte Erde.

»Ja. Ich hab nur die ganze Woche damit verbracht, einen Haufen Eltern dazu zu kriegen, eine Einverständniserklärung zu unterschreiben, damit ich Ryans Schulabschluss filmen darf.«

»Oh.« Ich war erleichtert und gleichzeitig enttäuscht, dass deine schlechte Laune nichts mit mir zu tun hatte. »Und hast du jetzt alle zusammen?«

»Nein, drei fehlen noch. Und wenn die nicht unter-

schreiben, bin ich am Arsch. Richtig am Arsch. Ohne den Abschluss kann ich den Film komplett vergessen.«

»Das stimmt nicht.«

Du verzogst das Gesicht und schautest mich dann von oben bis unten an. »Was hast du denn da auf dem Shirt?«

»Oh.« Peinlich berührt versuchte ich mein Tanktop halbwegs sauber zu wischen. »Maismehl. Ich hab Mari geholfen, Tortillas zu backen. Für die Party meiner Mutter heute Abend.«

»Party?«

»Ja, sie macht so eine Veranstaltung. Willst du Schluss machen?«

Deine Augen waren auf einmal groß wie Untertassen. »Nein?«

»Nein?«, äffte ich dich nach. Dieses Nein mit dem nach oben wandernden Ton am Ende war mehr eine Frage als eine Antwort. »Vielleicht weil das letzte Woche echt übel war? Und die Zeit seitdem auch?«

»Übel ist eine ziemliche Untertreibung.«

In meinem Magen drehte sich alles.

»Das war richtig scheiße, Nat. Ms Lefèvre war schwer krank und du wolltest mich nicht weglassen.«

»Ich weiß, aber …« Okay, das war wirklich blöd von mir gewesen, aber ich wollte mich irgendwie rechtferti-

gen. »Ohne Schilddrüse kann man problemlos weiterleben.«

»Natalie.«

»Tut mir leid!«

»Wir streiten nur noch.«

Das stimmte zwar, aber ... »Tun das nicht alle Paare?«

»So oft und so schlimm? Nein. Ich glaube ...« Du hast ein bisschen rumgestammelt und dann die Bombe platzen lassen. »Ich glaube, wir sollten eine kleine Pause einlegen.«

Mein Herz setzte aus. Mein Magen fiel ins Bodenlose. »Aber du hast doch gerade gesagt, du willst nicht Schluss machen.«

»Will ich ja auch nicht.«

»Ich kann mich bessern«, sagte ich hastig, um alles wieder glattzubügeln. »Ich werde darauf achten, nicht mehr eifersüchtig zu sein und durchzudrehen, ich werde mehr Vertrauen zu dir haben ...«

»Mach doch nicht so eine große Sache draus. Ich meine ja nicht, dass wir uns jetzt jahrelang nicht mehr sehen sollten oder so. Aber vielleicht wäre es ganz gut, wenn wir die Gelegenheit bekommen, einander ein bisschen zu vermissen.« Dein Blick wich mir aus. Du schautest dir die Landschaft an, die nebelverhangene Skyline,

von hohen Gebäuden und zerklüfteten Berggipfeln gezackt. »Einen neuen Blickwinkel finden, verstehst du?«

Ich hatte Mühe, nicht loszuheulen. Mich irgendwie unter Kontrolle zu halten und dir zu zeigen, dass ich vernünftig und nüchtern sein konnte, obwohl ich mich alles andere als vernünftig und nüchtern fühlte. »Aber ich vermisse dich die ganze Zeit«, sagte ich. »Ich vermisse dich selbst jetzt, wo wir nur wenige Zentimeter voneinander entfernt sind.«

»Nat.«

Ich schaffte es nicht. Ich hatte nicht genug Kraft, die Tränen zurückzuhalten.

»Nat, ist doch gut.« Du tätscheltest mich, während ich dir deinen zerschlissenen Pullover vollheulte. »Wir trennen uns doch nicht.«

»Und wieso fühlt es sich dann so an?«

»Sieh mich an.«

Ich versuchte es. Du lachtest mich an, aber deine Augen waren ernst.

»Wir müssen nur die Rahmenbedingungen neu festlegen.«

»Das klingt furchtbar. Hast du in letzter Zeit zu viele Selbsthilfe-Ratgeber gelesen oder was?«

»Ich versuche nur, das mit uns wieder besser hinzubekommen.«

»Also trennen wir uns nicht?«

»Nein, wir trennen uns nicht.« Du nahmst mein Gesicht in beide Hände und gabst mir einen sanften Kuss. »Wir führen nur ein kleines Experiment durch.«

»Jugend forscht oder wie?«

»Genau so.«

Ich erwiderte deinen Kuss und drückte mich heftig an dich. Loslassen ist nicht meine Stärke.

Drei Tage später – wir hatten inzwischen kaum persönliche Worte oder Nachrichten ausgetauscht – versuchte ich dich anzurufen. Es war Freitag, und normalerweise warst du freitags immer zu Hause, aber diesmal war dein Handy ausgeschaltet. Früher wäre ich auf der Stelle durchgedreht, aber jetzt rief ich mir in Erinnerung, dass wir was Neues ausprobierten, dass wir neue Rahmenbedingungen aufstellen wollten, weniger streiten, mehr vertrauen. Also ging ich nach unten und machte mir einen Waffeltoast, bevor ich es ein zweites Mal versuchte. Deine Mailbox war dran. Ich spielte zwei Runden Mau-Mau mit Marielle, dann rief ich ein drittes Mal an. Mailbox. Ich duschte. Mailbox. Ich schrieb Lex eine Nachricht. Mailbox. Ich trank ein Glas Vanilla Wodka und schlief dann im leeren Whirlpool meiner Eltern ein. Toll, was?

Und hinterher stellte sich raus, dass du wieder bei Ruby gewesen warst. Und mich angelogen hattest.

Arschloch.

N

Dan, 13:01 Uhr

Ja, ich war an dem Abend bei Ruby. Aber da ist nichts zwischen uns gelaufen. Wir waren in einem Stummfilmkino an der Fairfax Street und haben uns *Mit sieben Jahren* angeschaut, den Pilotfilm zu einer Doku-Serie aus den Sechzigern, wo Forscher eine Gruppe britischer Kinder alle sieben Jahre über ihr Leben befragen. Mein Handy hatte ich ausgeschaltet. Erst hinterher – nach dem Film, dem Essen beim Libanesen, dem Eis und dem Abendspaziergang und nachdem ich Ruby nach Hause gefahren hatte – fiel mir auf, dass ich die ganze Zeit vom Rest der Welt abgetrennt gewesen war. Ich machte mein Handy an, und sofort plingten alle *elf* Nachrichten von Natalie auf. Elf Sprachnachrichten innerhalb von vier Stunden. Die ersten klangen noch halbwegs normal, aber dann verwandelten sie sich in immer psychotischeren, alkoholschwangeren Schwachsinn:

»Hey, ich bin's. Vermiss dich.«

»Hallo noch mal, ruf doch mal zurück.«

»Mach mir langsam Sorgen. Kannst du bei Gelegenheit zurückrufen?«

»Ist dein Handy kaputt oder was?«

»Kannst du mir mal erklären, wie du es aushältst, deine Freundin drei Tage lang nicht anzurufen? Keine

Nachricht, keine E-Mail, kein verdammter Videoanruf, nichts? Dein Experiment ist scheiße!«

»Lass mich raten: Arielle Schulman?«

»Vielleicht ist dein Handy in eine Riesenschüssel mit Ms Lefèvres Schilddrüsentabletten gefallen?«

»Wenn du eine andere fickst, bring ich mich um, ich schwöre.«

»Tut mir leid.«

»Sorry noch mal. Ich bin nur wegen der Wanderung neulich total durch den Wind. Kannst du mich bitte zurückrufen? Bitte?«

»Fick. Dich.«

Ich rief sofort zurück, aber sie ging nicht ran. Ich versuchte es am nächsten Morgen wieder, konnte aber nur auf ihre Mailbox sprechen. Gegen Mittag begann ich mir langsam Sorgen zu machen. Ihre Hysterie wegen unserer Beziehung, ihre Ruby-Paranoia, ihre Ari-Paranoia, dazu ihr schwerer Hang zur Theatralik – was, wenn sie was Dummes getan hatte?

An dem Nachmittag hatte Jessa das Auto, ich musste also mit dem Bus zu Natalie fahren.

»Du lebst noch!«, keuchte ich, als ich völlig verschwitzt vor ihrer Tür stand, weil ich eine halbe Meile von der Bushaltestelle bergauf gejoggt war. »Ich versuch dich schon den ganzen Tag zu erreichen.«

Sie war noch im Schlafanzug (Boxershorts, durchsichtiges Oberteil, kein BH), lehnte am Türrahmen und knibbelte an ihren Fingernägeln herum. »Ja, und ich hab gestern den ganzen Abend versucht, *dich* zu erreichen.«

»Ich weiß, ich hab deine Nachrichten abgehört.« Jetzt, wo ich wusste, dass sie gesund und munter war, wurde ich langsam wütend. »Alle *elf* Stück.«

Nat verzog das Gesicht und ging dann ins Haus, wobei sie die Tür hinter sich offen ließ.

»Hey!« Ich folgte ihr die Treppe hoch. Ihre nackten Füße klatschten lautstark auf die hölzernen Stufen.

»Hast du mir nicht vielleicht was zu sagen?«, fragte ich, als wir in ihrem Zimmer waren, und drückte die Tür mit dem Rücken hinter mir zu.

Sie sah mir in die Augen. »Bitte sag mir, dass du gestern Abend gefilmt hast.«

Hatte ich nicht. Also sagte ich nichts.

»Was dann? Doch dieses Mädchen?« Ihre Augenbrauen und Schultern zuckten nach oben. »*Arielle?*«

»Nein.« Ich spürte, wie der Zorn in mir hochkochte. Hatte sie überhaupt Anspruch auf eine Erklärung? Auf einen detaillierten Plan vom Ablauf meines gestrigen Abends? Ich hatte doch um etwas Zeit und Abstand gebeten, und sie war einverstanden gewesen. Also wieso führten wir diese Unterhaltung überhaupt?

»*Elf* Nachrichten.«

Nat lief rot an und wechselte unbehaglich von einem Bein aufs andere. »Ja und?«

»Ist das deine Vorstellung von ›mehr Raum geben‹?«

Ein Hauch Scham huschte über ihr Gesicht, dann kniff sie den Mund noch fester zusammen. »Du willst mir also allen Ernstes nicht erzählen, wo du gestern Abend warst?«

»Wir hatten doch eine Vereinbarung.«

»Eine *Vereinbarung*?« Sie wiederholte es langsam, als versuchte sie das Wort zu verstehen. »Sind wir etwa nur noch Geschäftspartner oder wie? Darf ich dich jetzt nur noch mittwochs und jedes zweite Wochenende lieben?«

»Du verdrehst mir die Worte im Mund.«

»Was ist mit vögeln? Wollen wir eine Fick-Vereinbarung schließen? Ich werde nur noch flachgelegt, wenn ich zugestimmt habe, dass du vorher noch eine andere flachlegen darfst?«

Ich war so wütend, dass ich eine Panzerglasplatte hätte kaputt treten können. »Hör auf damit!«

»Wieso hast du mich nicht gleich letzte Woche beim Wandern in die Wüste geschickt, hä? Hattest du doch eigentlich vor, stimmt's?«

Ja, ich hatte es vorgehabt, aber dann hatte ich es irgendwie nicht geschafft, das auch durchzuziehen. Warum nicht?

»Du tust so, als wäre ich die Einzige, die in dieser Beziehung Fehler macht«, sagte sie. »Dabei hast du dich von Anfang an immer wieder gedrückt. Wo warst du denn, als meine Mutter ihre Veranstaltung hatte, hä? Oder als mir im Frühjahr die Weisheitszähne rausgenommen wurden? Oder letzten Sommer, als Lex sich ein Bein ausgerissen hat, um uns Super-Bowl-Tickets zu besorgen, und du in letzter Minute abgesagt hast? Wo warst du bei all diesen Gelegenheiten?«

»Das weißt du ganz genau.« Meine Stimme war ein zorniges, tiefes Grollen. »Ich habe gefilmt.«

»Aber wann filmst du denn mal *nicht*, Dan?« Sie strich sich wütend die Ponyfransen aus dem Gesicht. »Ich engagiere mich auch sehr für meine Kunst, und trotzdem habe ich es irgendwie, auf *magische* Weise, geschafft, mir Zeit für unsere Beziehung freizuschaufeln. Aber lassen wir *mich* mal beiseite – was ist mit deiner Familie? Wann hast du denn mal Zeit für die? Oder für die Schule? Jessa hat gesagt, du schwänzt ständig die Mathestunden.«

»Jessa übertreibt, ich schwänze überhaupt nicht ständig die Mathestunden.« Ich war inzwischen echt geladen. »Hast du eine Ahnung, wie sehr ich mich anstrengen muss, um mich auch nur ansatzweise mit dir und deiner Mutter auf Augenhöhe zu fühlen? Hast du eine Ahnung, wie das ist, mit einem Mädchen zusammen zu sein, das jederzeit ihre Platin-Kreditkarte zücken kann und noch nie in seinem Leben auch nur einen einzigen Tag wirklich arbeiten musste?«

Sie lachte auf. »Großer Gott, Dan, du bist doch kein Bettler! Dein Vater ist Steueranwalt, verdammt!«

»Fick dich!«

»Nein, fick *dich*! Willst du dich jetzt wieder in deinen Komplexen suhlen oder was? Deine Ansprüche sind echt erstaunlich!«

»Dir ist aber schon klar, dass ich vielleicht nicht studieren kann, wenn ich meinen Film nicht fertigkriege, oder? Denn Stipendien oder irgendwelche Beihilfen bekomme ich ganz sicher nicht.«

»Dein Notendurchschnitt ist besser als gut, Blödmann. Du wirst schon irgendwo unterkommen.«

»Und wie soll ich dann die Studiengebühren bezahlen, hä? Du machst dir seit vier Jahren einen faulen Lenz und wirst wahrscheinlich trotzdem von irgendeiner Schickimicki-Kunsthochschule aufgenommen, weil deine Mutter ein Star ist und dein Vater Geld wie Heu hat.«

Da schlug sie mir ins Gesicht.

Und ich ließ mich schlagen, weil ich es verdient hatte.

»Ich schufte Tag und Nacht in meinem Atelier.«

»Ja, das tust du.« Ich keuchte, meine Wange pochte vor Hitze. »Aber ich muss doppelt so schwer schuften, weil ich nur halb so gut bin wie du. Du hast *alles*, Natalie. Geld und Status und genug Talent, um hundert Jahre davon zu zehren.«

Ihr Gesicht fiel in sich zusammen. Sie kam einen Schritt auf mich zu, dann blieb sie unvermittelt wieder stehen. »Soll das ein Witz sein?«

»Dass ich dich glühend beneide?« Ich rieb mir die brennende Wange und senkte den Blick, zutiefst verstört von der Bombe, die ich selbst gezündet hatte. »Nein, das ist kein Witz. Du bist einfach so viel besser als ich, und ich hasse dich dafür.«

»Du *hasst* mich?«

Nein, ich hasste sie nicht. »Nein, ich meinte nur …«

»Dan …« Ihre großen Augen glühten vor Mitgefühl. »Ich bin doch nicht besser als du.«

Sie streckte die Hand nach mir aus, doch ich wich instinktiv zurück. »Tu das nicht.«

»Ich soll was nicht tun?« Ohne auf meine Worte zu achten, streichelte sie mir mit eiskalten Fingern die Wange. »Tut mir leid, dass ich dich geohrfeigt habe.«

Tief in mir drin zerbrach etwas, und ich hätte am liebsten losgeheult. »Ich kann so nicht mehr weitermachen.«

Sie schwieg ein paar Augenblicke. Dann ließ sie ihre Hände zu meinem Hals hinunterwandern. »Dan.« Ich konnte ihr nicht in die Augen sehen, hielt den Kopf gesenkt, aber sie hob mein Kinn an. »Hey! Ich bin doch immer noch dein Mädchen, oder nicht?«

Oder nicht? Wollte ich überhaupt noch, dass sie mein Mädchen war? Endlich sahen wir uns an. Da war sie wieder, meine Nat, weich und verletzlich und den Tränen nahe. Ich ließ meine Augen über ihren Körper wandern – die kleine Narbe über der Brust, wo sie sich als Kind das Schlüsselbein gebrochen hatte; das wogende, schwarz glänzende Haar, das die Hälfte ihres Gesichts verdeckte; ihre mageren Beine; ihre perfekten Brüste; das Sternbild aus winzig kleinen Mitessern auf ihrem Kinn. So mochte ich sie am liebsten – ein bisschen verzweifelt, ein bisschen zerbrechlich. Ein vertrautes Gefühl stieg in mir hoch – Lust? Liebe? –, und ich tat das einzig in dem Moment Denkbare: Ich wich zurück.

Aber sie schloss die Lücke zwischen uns sofort wieder.

»Dan …« Ihre Stirn berührte meine, ihre Hüftknochen stachen mir wie kleine stumpfe Dolche in die Haut. »Sag mir einfach, wo du gestern Abend warst. Bitte!«

»Hab ich doch schon«, sagte ich, obwohl ich noch gar nichts dazu gesagt hatte. »Ich war bei den Espinosas und habe gefilmt. Und mein Handyakku war leer.«

»Dann seid ihr also wieder zusammen?« Ruby stand in meiner Küche und leckte Schokoladenteig vom Kuchenheber.

»Ja, irgendwie schon, glaube ich.« Ich füllte ein Glas mit Leitungswasser und reichte es Jessa. »Aber eigentlich waren wir ja nie richtig auseinander.«

»Sie wollten nur das Regelwerk ihrer Beziehung neu aushandeln«, sagte Jessa, nippte mit abgespreiztem kleinen Finger vom Wasser und hörte sich dabei ganz ulkig erwachsen an.

»Was weißt *du* schon von Beziehungen?«, fragte ich.

»Vielleicht mehr als du denkst«, sagte Ruby und nahm einen Fleck an Jessas Hals in Augenschein. »Ich wette, das ist ein Knutschfleck. Hast du einen Freund?«

»Das ist ein Muttermal!«, kreischte Jessa und schlug Rubys Hand lachend weg.

»Wann geht der Kinofilm eigentlich los?«, wandte sich Ruby an mich, indem sie sich nach hinten beugte, während Jessa auf ihrem Stuhl hin und her wippte.

»Ich hab doch gesagt, ich kann nicht mit.« Ich war schon halb aus der Tür und suchte verzweifelt nach meinem Schlüsselbund. »Ich bin mit den Fierros zum Abendessen verabredet.«

»Davon weiß ich gar nichts.«

»Doch, ich hab's dir erzählt.«

»Nein, Dan, hast du nicht.« Ruby wurde auf einmal ganz ernst. »Was meinst du denn, warum ich hier bin?«

»Ich dachte, du hilfst Jessa bei ihrem Brownie-Video.«

»Das ist ein *Lifestyle VLog*.«

»Ich bin hier«, sagte Ruby, »weil du und ich verabredet waren.«

Ja, wir *waren* verabredet gewesen, aber ich hatte das abgesagt. Oder nicht? »Rubes, tut mir echt leid, aber Nat und ich haben uns gestern lange unterhalten, dass ich ein bisschen mehr bei ihr sein sollte und so, und ich hab das Gefühl, ich schulde ihr diesen Abend, verstehst du?«

Sie starrte mich wütend an. Ich hielt ihrem Blick stand. »Jetzt guck nicht so.«

»Sie manipuliert dich.«

»Nein«, wehrte ich ärgerlich ab. »Wir sind dabei, ein paar Sachen zu klären. Wenn man jemanden liebt, muss man manchmal auch Opfer bringen.«

Ruby wich entsetzt zurück. »Und *ich* bin dein Opfer?«

»Nein, ich hab doch nicht *dich* gemeint.«

»Schon gut«, sagte sie schulterzuckend. »Es ist vollkommen in Ordnung, dass du mich jedes Mal versetzt, um lieber mit ihr Zeit zu verbringen. Obwohl wir beide uns schon kennen, seit wir dreizehn waren und ich blöde Gans dir gegenüber immer ehrlich und loyal war, während sie total durchgeknallt und manipulativ ist.«

»Oh Mann.« Jessa schob die Brownies beiseite und schlich sich aus der Küche.

»Sie ist meine Freundin, Ruby.«

»Na und? Darf ich deswegen nichts mehr sagen, wenn du mich ihretwegen abservierst?«

»Du kannst jederzeit alles sagen, was du willst.«

»Toll.«

»Super.«

Sie starrte mich immer noch an, die Zähne zusammengebissen, die Augenbrauen hochgezogen. Ich hatte es so satt. Ich hatte es satt, es jedem recht machen zu wollen, jeden Menschen in meiner Nähe zufriedenzustellen, zu beschwichtigen, *wertzuschätzen*. Ich konnte Natalie nicht glücklich machen, ohne Ruby wütend zu machen. Und ich konnte Ruby nicht glücklich machen, ohne Nat wütend zu machen. So oder so, ich hatte immer die Arschkarte.

»Was *willst* du eigentlich von mir, Ruby?«

»Gar nichts.« Endlich ließ sie von mir ab, schnappte sich ihre Tasche vom Küchentresen und hielt auf die Tür zu.

E-Mail, Donnerstag, 26. Januar 2017, 16:52 Uhr

Von: Joshua G. Velick

An: Jessa Jacobson

Darf ich dich mal zu einem echten Date einladen? Ich finde, der Abend neulich zählt nicht.

E-Mail, Donnerstag, 26. Januar 2017, 21:15 Uhr

Von: Jessa Jacobson

An: Joshua G. Velick

Okay, nur zur Erklärung.

Mein Bruder hat zwei Freundinnen, denkt aber, er hätte nur eine. Einerseits ist da das Mädchen, das er seit vier Jahren zappeln lässt, andererseits das Mädchen, mit dem er seit dreizehn Monaten offiziell zusammen ist. Die beiden hassen sich. Zwei intelligente, vernünftige Mädchen, die total bescheuert und bekloppt werden, wenn es um ihn geht. Ich bin zu 85 % sicher, dass das seine Schuld ist. Er ist oberflächlich und egoistisch. Was an sich ja nicht verwerflich ist, und ich glaube nicht, dass er mehrere Bettgeschichten parallel laufen hat. Aber er ist manchmal ziemlich unsensibel und kriegt nicht mit, wie es

anderen geht. Und bevor du anfängst zu glauben, ich würde ihn hassen, möchte ich eins klarstellen: Ich LIEBE meinen Bruder. Er ist witzig und hilfsbereit, man kann superviel Spaß mit ihm haben und er hat mir zum Geburtstag eine gebrauchte digitale Spiegelreflexkamera geschenkt. Es ist sein Verdienst, dass meine Videos so geil sind. Er ist der Beste. Aber ich würde niemals, NIEMALS mit jemandem wie ihm zusammen sein wollen. Ich kriege das Kotzen, wenn ich sehe, wie er seinen ganzen beschissenen, theatralischen Charme über ZWEI Mädchen versprüht. Seinetwegen bin ich misstrauisch, was Typen angeht. Okay, du bist vielleicht nicht wie er. Vielleicht bist du ein treuer, ehrlicher Typ, der immer nur ein Mädchen hat. Vielleicht hast du nur Augen für mich. Vielleicht denkst du jetzt, ich bin eine Männerhasserin. Bin ich nicht. Ich stehe auf Männer. Aber ich bin auch ein zartes Pflänzchen und die meisten von euch Typen jagen mir eine Heidenangst ein.
Insofern: Keine Ahnung. Von wegen Date, meine ich.

E-Mail, Donnerstag, 26. Januar 2017, 21:22 Uhr

Von: Joshua G. Velick

An: Jessa Jacobson

Bitte. Ich bin komplett anders als dein Bruder.

Dan, 13:18 Uhr

Beim dritten Date nahm ich Nat zu einer Aufführung von *Sage Rock* mit, dieser kurzen Doku über eine Kommune, die von dem Cowboy/Rockstar/Visionär Keith Kelly gegründet wurde. Kelly hatte die »Bewusste Gemeinschaft« auf dem Gelände eines alten Sommercamps inmitten von Kalifornien aufgebaut. Er hatte haufenweise Fans und Unterstützer, von denen die meisten wohlhabend, berühmt und einflussreich waren. Er war zudem eine große Nummer im Internet, und die *Vanity Fair* hatte schon zweimal ein Porträt von ihm gebracht. Seine zwanzigjährige Tochter California Kelly hatte ein mittelprächtig erfolgreiches Enthüllungsbuch mit dem Titel *Growing Up Guru* veröffentlicht. Der Typ war eine echte Legende und ich total von ihm besessen. Besessen und angepisst, dass nicht ich, sondern jemand anders – jemand, der älter war als ich und mehr Referenzen/Geld/Erfahrung hatte – den ersten Film über ihn hatte drehen dürfen.

»Also bettele ich meinen Vater seit anderthalb Jahren an, dass ich mal nach Kalifornien darf, um Sage Rock zu sehen«, erzählte ich Nat, als wir nebeneinander im Kino saßen und darauf warteten, dass der Film anfängt. »Es soll total unglaublich da sein: Avocado-Pflanzungen, Hütten, die von Efeu überwuchert sind, alles nachhaltig angebaut und so …«

»Ja, ich hab's gesehen.«

»Ich glaube, die Bilder werden dem Ort gar nicht richtig gerecht. Hast du die Artikel darüber gelesen?«

»Nein, aber …«

»Solltest du unbedingt. Dann kriegst du einen besseren Eindruck von Kellys Persönlichkeit. Er ist total dynamisch und überzeugend, aber nicht … auf so eine unheimliche Art, weißt du?«

»Du meinst, wie andere Sektenführer?«

»Das ist keine Sekte«, sagte ich. »Das ist einfach eine Gruppe von schlauen, fortschrittlichen Leuten mit gemeinsamen Interessen, die eine alternative Lebensweise ausprobieren. Du solltest dich echt mal reinlesen, die sind keine religiösen Fanatiker oder so was.«

Nat lächelte mild und schob sich eine Handvoll Popcorn in den Mund. »Du stehst echt auf den, was?«

»Total.«

»Also stehst du quasi auf Sozialismus?«, neckte sie mich. »Buddhismus? Yoga? Selbstverwirklichung?«

»Ich steh nur auf die Leute, die auf all das stehen«, sagte ich und kippte eine halbe Packung Pfefferminzdragees ins Popcorn.

Später saßen wir bei Nat zusammen, aßen Schokoriegel und unterhielten uns über Scientology und *Sage Rock*. Ich schwadronierte davon, wie beschissen ich den Film fand – »Der zeigt nichts vom Geist der Vision! Da ist kein durchgehender roter Faden, nichts!« –, und Nat nickte ständig und küsste mich. Dann sagte sie: »Der Film hat einen einzigen Makel: dass *du* ihn nicht gemacht hast.«

Gegen elf kam Nats Mom nach Hause. Sie sah müde und abgekämpft aus, aber irgendwie immer noch glamourös mit ihrer Mischung aus farbverkleckster Jeans und einem fetten Diamantring am Finger.

»Meine Güte«, sagte sie, knipste eine Lampe an und ließ sich neben uns aufs Sofa plumpsen. »Wieso hockt ihr denn hier im Dunkeln? Geisterbeschwörung oder was?«

»Eher Dämonen«, sagte Nat und setzte sich auf. »Dan, das ist meine Mutter Mae. Mae, das ist Dan.«

Ich nahm ihre kleine, begnadete Hand. »Freut mich wirklich sehr, Sie kennenzulernen.«

»Ja, mich auch.« Sie musterte mich von oben bis unten. »Nat ist ja ganz verrückt nach dir.«

»Kann Dan heute über Nacht bleiben?«

»Ist das nicht erst euer zweites Date?« Mae grapschte sich das letzte Stück Schokolade und verschlang es. »Und, was habt ihr heute schon Schönes gemacht?«

»Wir waren im Kino«, sagte ich und machte es mir wieder zwischen den Sofakissen bequem, während Nat aufstand. »*Sage Rock.*«

»Ah, hast du den Film jetzt auch gesehen?«, wandte sich Mae an ihre Tochter, die inzwischen durch die Küche tigerte. »Shelly Epstein hat gesagt, er ist grauenhaft. Ich muss mal deinen Vater fragen, ob er in letzter Zeit mit Keith darüber gesprochen hat. Dem Mann muss der Film ja entsetzlich peinlich sein.«

Mir fiel alles aus dem Gesicht. MIT KEITH GESPROCHEN. »Mit Keith gesprochen?«

Nat versteckte sich hinter der Kühlschranktür.

»Und wie fandest du ihn, Schnuffi?«

»Schrecklich.« Nat streckte vorsichtig ihren Kopf hervor. »Ganz furchtbar. Keith wird praktisch wie ein durchgeknallter New-Age-Fanatiker hingestellt.« Sie sah mich an und verzog leicht das Gesicht. »Ich hab vorhin versucht, dir zu erzählen, dass wir ihn kennen.«

Ich spulte im Kopf zu unserer Unterhaltung vor dem Film zurück. *Ja, ich hab's gesehen,* hatte sie über Sage Rock gesagt. JA, ICH HAB'S GESEHEN. Wie glänzende Flipperkugeln schossen die Worte kreuz und quer durch mein Hirn. Sie hatte es mir zu sagen versucht, aber ich hatte sie totgequatscht, hatte sie beeindrucken wollen, hatte ihr beweisen wollen, dass ich *Ahnung* hatte. Von Indie-Filmen und Hippie-Kommunen und Nachhaltigkeit und Avocado-

Pflanzungen. Ich hatte ihrer Sicht auf die Dinge keinen Millimeter Platz eingeräumt, hatte kein Interesse an einem echten Gedankenaustausch gehabt, ich wollte nicht hören, dass sie *Sage Rock* gegoogelt hatte und dabei auf hübsche Bilder von Kellys meditierenden Anhängern gestoßen war. Ich wollte ihr zeigen, dass ich mir bei der Recherche den Arsch aufgerissen hatte, dass ich, wäre ich älter und besser vernetzt, diesen Film schon vor Jahren gedreht hätte. Ich wollte schlaue Sachen sagen, wollte, dass sie mich klug und welterfahren findet und denkt, sie wäre mit einem faszinierenden Typen zusammen. Stattdessen hatte ich ihr nur bewiesen, was für ein egozentrischer, herablassender Arsch ich war.

»Tut mir leid«, sagte ich. »Jetzt denkst du bestimmt, ich bin der letzte Idiot.«

»Schwachsinn!« Sie kam zurück aus der Küche und kuschelte sich zu mir aufs Sofa. »Ich hab doch dein Filmmaterial übers Dayview gesehen. Du hättest einen Hammerfilm über Keith und seine Truppe gedreht.«

Sie hätte mich an diesem Tag problemlos vernichten können. Mich einen gönnerhaften Volltrottel nennen, mich beschämen, mir ins Gesicht lachen, mich als komplexbeladenen Deppen in Grund und Boden stampfen können. Aber stattdessen stellte sie sich hinter mich und unterstützte mich. Glaubte an mich. Hob mich vom Boden auf, putzte mir den Schamstaub von den Schultern und gab mir das Gefühl, jemand zu sein, ein gottverdammter Märchenprinz.

»Dan Jacobson.« Ich bin auf halbem Weg zur Turnhalle, als ich meinen Namen aus der blechernen Sprechanlage der North Hollywood High dröhnen höre. »Dan Jacobson, bitte ins Sekretariat.«

Ich wirbele auf dem Absatz herum und stapfe ins Büro, wo ich von Glennie, der alten Dame mit den wilden Locken, die dort arbeitet, freundlich begrüßt werde.

»Das ist für dich, Schätzchen.« Sie reicht mir einen ziemlich dicken braunen Umschlag, gerade groß genug für einen Stapel Hassbriefe.

»Wer hat den abgegeben?«, frage ich und schiele dabei aus dem Fenster in der Hoffnung, Nat auf der Flucht zu entdecken, Haare und karierter Rock wild flatternd.

»Was meinst du? Ob ein Kurier hier war?«

Ich sacke zusammen. »Nein, tut mir leid, ich dachte ...« Das stundenlange Lesen und Reflektieren über unsere Beziehung hat mich in einen seltsamen Gedankenstrudel hineingerissen. *Hasse ich sie? Liebe ich sie? Ist sie eine rachsüchtige Psychopathin? Oder das verwundete Mädchen, in das ich mich seinerzeit verliebt habe? Das so viel Leidenschaft und Elan und einen unverkennbaren Sinn für Theatralik besitzt?*

»Danke, Glennie«, sage ich und verlasse das Büro. Draußen reiße ich sofort den Umschlag auf.

Noch mehr Briefe, was sonst.

Das gleiche Band, das gleiche makellose Briefpapier.

12

Sonntag, 14. Mai 2017, 17:04 Uhr

Hello again,

okay, hier kommt also der Teil unserer Geschichte, in dem du aufgehört hast, mich zu lieben, und angefangen hast, mich zu hassen.

Rückblick zu einem Tag vor drei Monaten. Wir saßen in meinem Zimmer und schauten auf deinem Laptop Filmmaterial durch, das du am Abend zuvor aufgenommen hattest. Du und Ryans Mutter hattet Ryan nach der Schule zu einem Beratungstermin zum Thema Berufsperspektiven mitgenommen, und er hatte deswegen eine Riesenszene hingelegt. Er hatte geschrien und aufgestampft und das Gesicht hinter den Händen versteckt, und du warst inzwischen nicht mehr sicher, ob du die Aufnahmen wirklich verwenden solltest. Das sei irgend-

wie »viel zu deprimierend«, hast du gesagt und dir frustriert übers Gesicht gerieben. »Das sollte eigentlich ein Erfolgserlebnis für ihn sein, verstehst du? Das Berufsperspektiven-Programm ist echt toll. Die verschaffen den Schulabgängern bezahlte Jobs in ortsansässigen Firmen, der Laden ist sauber und riecht immer gut, die Leiterin ist unglaublich engagiert und …«

»Okay, aber …«

Ich sah dich von der Seite an. Dokumentarfilme zu drehen hatte nun mal seine Risiken. Unerwartete Wendungen, Hindernisse …

»Besteht deine Aufgabe als Dokumentarfilmer nicht gerade darin, dich von deiner Geschichte leiten zu lassen?«

Du hast dich abrupt zu mir umgedreht. »Ja, sicher. Aber es muss trotzdem eine Entwicklung stattfinden. Man braucht einen Handlungsbogen. Ich kann doch keine Geschichte erzählen, in der Ryan sich von einem glücklichen Jungen in einen total unglücklichen verwandelt.«

»Aber warum denn nicht?«, hakte ich leicht empört nach. »Ich meine, wenn das nun mal sein wahres Leben widergibt?«

»Weil ich nur auf die USC-Filmschule komme, wenn ich die Zulassungskommission mit einem Knallerfilm umhaue.«

Ich tippte leicht aufs Mousepad und scrollte ein paar Bilder zurück zu einer Aufnahme, in der Ryans Mutter zu sehen war, wie sie mühsam die Tränen zurückhält. »Aber du kannst doch solche Aufnahmen unmöglich rausschneiden«, sagte ich und beugte mich zum Bildschirm vor. Ryans Mutter sah so müde und traurig aus, ihre Wimpertusche klebte in den kleinen Augenfältchen, ihre Lippen wanderten auf dem schmalen Grat zwischen traurigem Lächeln und verzweifeltem Stirnrunzeln. »Das ist das wahre Leben, und es ist absolut fesselnd. Sie ist völlig aufgelöst, weil ihr Sohn seit seinem sechsten Lebensjahr auf dieselbe Schule gegangen ist, und auf einmal ist er ein erwachsener Mann, den keinerlei soziales Netz auffängt und der in keiner Weise für sich selbst sorgen kann. Warum kann das nicht deine Geschichte sein, Dan?« Ich deutete auf Jane Espinosas eingefrorenes Gesicht. »Genau das.«

»Nein.«

Ich lachte. Das war eigentlich nicht meine Absicht gewesen, aber deine Antwort hatte mich auf dem falschen Fuß erwischt. »Wieso denn nicht?«

»Weil das nicht die Geschichte ist, die ich erzählen will. In diesem Film geht es um Ryan, nicht um Jane Espinosa. Es geht darum, sich durchzukämpfen, allen Widrigkeiten zum Trotz. Und ich habe das Gefühl, du willst mich

dazu bringen, einen komplett anderen Film daraus zu machen.«

»Ich will dich zu gar nichts bringen«, sagte ich und berührte dich sanft am Bein. »Das war doch nur ein Vorschlag.«

Du hast meine Hand sofort abgeschüttelt. »Deine ›Vorschläge‹ kenne ich.«

»Was soll das denn heißen?«

»Das ist doch wieder das gleiche Thema, über das wir ständig streiten. Du denkst, du weißt immer alles besser.«

»Nein.« Ich lachte, weil das so absurd war. »DU denkst, ich wüsste immer alles besser. Ich werfe einfach nur immer mal wieder was ein und gucke, was davon hängen bleibt.«

Du hast deinen Laptop zugeknallt. »Ich gehe jetzt besser.«

»Was? Aber wieso denn?« Ich sprang auf. »Ich dachte, wir wollten nachher zusammen zu Abend essen.«

»Mir ist der Appetit vergangen.«

»Ist das dein Ernst?«, fragte ich, während du aufgestanden bist. »Du kannst doch jetzt nicht wirklich gehen.« Ich rannte um dich herum und versperrte dir den Weg.

»Natalie, lass mich durch!«

»Nein.«

»Du benimmst dich wie ein kleines Kind.«

»ICH benehme mich wie ein kleines Kind?«, wiederholte ich wütend. »Du bist doch derjenige mit dem übersteigerten Ego, der kein Stück konstruktive Kritik abkann.«

Das war der Tropfen, der das Fass zum Überlaufen brachte. Dein Gesicht lief knallrot an, an deinem Hals traten die Adern hervor, deine Kieferknochen knackten aufeinander. »Natalie …« Den Laptop unter den Arm geklemmt, wolltest du nach links ausweichen. »GEH MIR AUS DEM WEG!«

Aber ich stellte mich dir unbeirrt entgegen, also hast du es auf der rechten Seite versucht. Wärst du nicht so stinksauer gewesen und ich nicht so verzweifelt, hätte das Ganze durchaus was Komisches an sich gehabt, wie wir da so hin und her zuckten wie bei einem merkwürdigen, gestelzten Tanz.

»Immer rennst du weg«, sagte ich und betete innerlich darum, dass du bleibst. »Wenn es mal zu ernst oder zu tief greifend wird oder auch nur der Hauch eines Konflikts am Horizont auftaucht, haust du sofort ab.«

»Ja, weil du verrückt bist und mir das eine Scheißangst einjagt.«

Verdattert starrte ich dich an. Das wäre der Moment

gewesen, so zu reagieren, wie ich es am Ende immer tat, wenn wir uns stritten: einen Rückzieher machen, mich ergeben, weinen und um mich schlagen und dich um Verzeihung bitten. So hatte ich uns bisher jedes Mal wieder auf Kurs gebracht, wenn das Ganze aus dem Ruder gelaufen war. Und die Hilflos-schluchzende-Maid-Version von mir schien dir wesentlich besser zu gefallen als alle anderen.

Aber ich hatte es satt, diese Rolle zu spielen.

Also tat ich diesmal etwas ganz anderes. Ich nahm dein Gesicht in beide Hände und küsste dich. Es war ein Impuls, und ich dachte, du würdest zurückweichen, aber das hast du nicht getan – du hast mich GEBISSEN.

»Autsch!«, schrie ich auf und hielt mir eine Hand an die Lippen. »Was soll der Scheiß?«

Die Luft zwischen uns fühlte sich heiß und spannungsgeladen an, und du hieltest meinem Blick einen langen, stummen Moment lang stand.

Und dann …

Tja.

Es gibt keine elegantere Art, das zu beschreiben, was dann passierte, Dan.

Wir hatten hasserfüllten Sex.

Wir behielten unsere Klamotten an und es war derb und unpersönlich. Und du – mein ach-so-liebevoller

Freund, der noch nie mit einer anderen außer mir geschlafen hatte – gabst mir das unverkennbare Gefühl, eine Hure zu sein.

N

Dan, 13:36 Uhr

Ja, das wurde zu unserer neuen Methode, alles unter den Teppich zu kehren. Sex.

Anfangs sah es so aus, als hätten wir damit ein neues Patentrezept gefunden, das Allheilmittel gegen alles, von kleinen Verstimmungen bis hin zu echter, tiefer Verzweiflung. Wenn Nat sich total zickig und danebenbenahm – kein Problem, wir vögelten das weg! Wir hatten Streit wegen Arielle Schulman oder weil ich wegen meines Films niedergeschlagen war? Kein Problem, ein Quickie und – Simsalabim! – das Thema war vom Tisch. Alles, was falsch lief, konnte durch eine kleine Akrobatikeinlage zurechtgerückt, jeder Schmerz durch hassgetriebenen Sex gelindert werden. Es funktionierte wie eine Wunderwaffe. Bis es eines Tages plötzlich nicht mehr funktionierte. Bis der Kick, schmutzigen Versöhnungssex zu haben – *Beinahe-Schlussmach-Sex* –, auf einmal verschwunden war.

»Dan, möchtest du ein Stück Kuchen?«

»Ja, gern«, sagte ich zu Nat, die neben mir saß und sich Tortenglasur vom Daumen leckte. Ich nahm den Teller in Empfang und sah über den Tisch hinweg zum winzigen Fierro-Clan hinüber: Mae und Mariella. Nats Dad war wie immer geschäftlich verreist. Ich glaube, diesmal war es China. Oder vielleicht auch Taiwan.

»Darf ich endlich die Flasche Veuve Clicquot köpfen?«, wandte sich Nat an Mae, die Augen vor Vorfreude weit aufgerissen.

»Auf keinen Fall!« Mae wischte sich mit einem feuchten, paisleygemusterten Bandanakopftuch gedankenverloren Kuchenkrümel vom Oberteil.

»Kann ich dann irgendwas anderes Alkoholisches haben?«

»Natalie!«

»Hey, das ist ein großer Tag heute!«

Ja, es war ein großer Tag. Die Fierros hatten gerade erfahren, dass Natalie einer der wenigen Plätze im Young Arts Programm der MOCA zugeteilt worden war – einer der einjährigen, extrem begehrten, *bezahlten* Plätze, wo Teenager Gelegenheit bekamen, sich mithilfe von Museumsprofis an laufenden Ausstellungen zu beteiligen. Das war der nächste große Schritt, auf den Nat schon so lange wartete.

Sie würde komplett in die Kunstwelt eintauchen und tiefe Einblicke in die Funktionsweise zeitgenössischer Museen erhalten. Sie würde die Chance bekommen, Sachen ins Rollen zu bringen, Partys zu veranstalten, berühmte Leute kennenzulernen. Und es wäre nur eine Frage der Zeit, bis sie mich abservieren und sich mit irgendeinem verkopften Konzeptkünstler zusammentun würde, der sie auf der Karriereleiter massiv nach oben katapultieren konnte. Ziel: Superstar-Status. Ich war zum Ausrasten neidisch, eifersüchtig und voller Verachtung mir selbst gegenüber. Was ich mit einem völlig schwachsinnigen Dauergrinsen zu kompensieren versuchte.

»Stimmt irgendwas mit deinem Gesicht nicht?«, fragte Nat, den Mund voll mit Beeren und Schlagsahne.

»Mit meinem Gesicht, wieso?«

»Na ja.« Sie schluckte den Bissen herunter und saugte noch eine Sekunde an den Zinken ihrer Plastikgabel. »Du siehst aus wie ein Irrer.«

»Ich freu mich nur so für dich.«

»So sieht das aus, wenn du dich freust?«

In meinem Magen drehte es sich, ich ließ die Gabel sinken. »Bin gleich wieder da.«

»Wo willst du denn hin?« Nat umklammerte den Hals einer Flasche San Pellegrino. Mineralwasser – ein jämmerlicher Ersatz für den Veuve Clicquot. Entsprechend wirkte ihre Miene.

»Ich muss nur kurz jemanden anrufen«, sagte ich, was natürlich gelogen war. Ich brauchte nur eine Ausrede, um kurz rauszukommen und allein zu sein.

Eine Viertelstunde später lehnte Nat am Türrahmen ihrer Zimmertür, die Arme vor der Brust verschränkt, und beobachtete mich. »Hab ich dir schon mal von Mariellas Scheidung erzählt?«

Ich setzte mich auf. Ich hatte auf Nats Bett gelegen und zerstreut Arielle Schulmans Instagram-Postings durchgescrollt. »Mariella war mal verheiratet?«

»Ja, fünf Jahre lang. Ihre zweite Ehe.« Sie schloss die Tür und setzte sich neben mich auf die Bettkante. »Sie haben sich vor zwei Jahren getrennt, nachdem Mari rausgefunden hatte, dass der Kerl mit ihrer achtzehn Jahre alten Tochter *relaciones sexuales* unterhielt.«

»Boah!«

»Maris Tochter hatte früher bei ihrem Vater in Mexico City gelebt und war erst einen Monat zuvor bei Mariella und ihrem Mann eingezogen.« Nat schaute mich an. »Jedenfalls … Mariella hat ihn erstochen.«

»*Was?!*« Ich war mir sicher, mich verhört zu haben. Nats Gesicht war vollkommen ruhig und leer. »Sie hat ihn *erstochen*?«

»Na ja, auf ihn eingestochen zumindest, mit so einem kleinen geriffelten Steakmesser, du weißt schon. Er ist ja auch nicht gestorben oder so. Und er hat auch keine Anzeige erstattet, schließlich hatte er sich an ihrer Tochter vergangen.« Nat senkte den Blick und nestelte an einem kleinen Fussel an ihrer Jeans herum. »Jedenfalls – das war die Geschichte von Mariellas zweiter Ehe.«

Ich blinzelte argwöhnisch. »Und warum erzählst du mir das?«

»Weil … Also das hört sich vielleicht seltsam an, aber ich kann irgendwie nachvollziehen, wie sich so was entwickeln kann. Eskalieren kann, bis es knallt. So wie bei unseren Streitigkeiten.« Sie warf mir einen vielsagenden Blick zu.

Ich lachte irritiert. »Hast du gerade ein geriffeltes Steakmesser in der Tasche oder was …?«

»Nein«, sagte sie mit versteinertem Gesicht. »Aber schließlich bin ich dir gegenüber auch schon mal handgreiflich geworden.«

»Ach so.« Ich versuchte mein unbehagliches Gefühl wegzulächeln. »Und du willst jetzt ernsthaft darüber reden?«

Sie lehnte sich achselzuckend zurück. »Du bist angepisst, weil ich vom MOCA aufgenommen wurde.«

»Stimmt.« Sie wusste es eh, also wozu erst versuchen, es vor ihr zu verbergen?

»Und wie kriegen wir das wieder hin?«

Da gab's nichts wieder hinzukriegen. Nat stand eine glänzende Zukunft bevor, ich fühlte mich wie entmannt und von ihrem Erfolg bedroht. »Gar nicht.«

»Ich hab nämlich nicht vor, deinetwegen auf den Platz zu verzichten.«

»Hab ich etwa gesagt, dass du das sollst?«

»Das musst du gar nicht erst sagen. Ich weiß doch, dass du dir das wünschen würdest.«

Hatte sie recht damit? Ich meine, das Kind war doch eh schon in den Brunnen gefallen. Ob sie den Platz nun annahm oder nicht – die Wertschätzung, die daraus erwuchs, dass sie aus Tausenden von Bewerbern ausgesucht worden war, hatte sie ohnehin schon abgeschöpft.

»Nein, ich freue mich für dich«, sagte ich.

Sie stieß ein kurzes gekünsteltes Lachen aus. »Nein, tust du nicht.«

Stimmt, tat ich nicht. Die Spannung im Raum war zum Schneiden – mit einem Steakmesser.

Und dennoch.

Keiner schrie.

Nat schlug nicht nach mir.

Und wir vögelten nicht wie wild im verzweifelten Bemühen, unsere kaputte Beziehung zu retten.

Weil das nämlich ein Problem war, das man auch durch vögeln nicht lösen konnte.

»Ich geh wieder runter, okay?« Sie stand auf, die Zähne zusammengebissen, das Lächeln zu einem gespielten C hochgebogen. »Mae will sich eine fünfstündige schwedische Miniserie aus den Siebzigern angucken. *Szenen einer Ehe*.«

»Ingmar Bergman«, sagte ich, ohne mich zu rühren. Dann schnappte ich mir mein Handy vom Nachttisch. »Ziemlich berühmtes Stück Filmgeschichte.«

»Ja, hab ich auch gehört. Und, kommst du mit runter?« Sie schob mit dem nackten Fuß die Tür auf. Jetzt wurde sie von hinten angeleuchtet, das Licht aus dem Flur verfing sich in ein paar frech abstehenden Haaren. Sie sah aus, als hätte sie eine Aura. Einen Heiligenschein. Ich gab mein Passwort ein und öffnete wieder Arielle Schulmans Instagram-Account.

»Ich komme in einer Minute nach«, sagte ich und tippte auf ein Foto, auf dem Ari in einem blauen Bikini zu sehen war.

E-Mail, Montag, 10. Oktober 2016, 15:31 Uhr

Von: Dan Jacobson

An: Nathan Harmon

Hallo Mr Harmon,

mein Name ist Dan Jacobson und ich bin ein Filmemacher in spe. Mae Fierro hat mir Ihre Mailadresse gegeben und mir geraten, mich an Sie zu wenden. Ich kenne all Ihre Filme, und besonders den letzten, »Preach«, finde ich unglaublich. Ich interessiere mich ebenfalls sehr für das Thema »Religiöser Extremismus« und habe daher mit großer Begeisterung verfolgt, wie sich Ihr Film mit den Merkmalen des christlichen Fundamentalismus auseinandersetzt.

Ich weiß nicht, ob Mae Ihnen das erzählt hat, aber ich bin im Abschlussjahr auf der North Hollywood High und arbeite derzeit an einem kurzen Dokumentarfilm über einen jungen Mann mit einer schweren Entwicklungsstörung. Parallel dazu bewerbe ich mich an Ihrer Alma Mater, der School of Cinematic Arts an der USC. Wenn Sie Zeit und Lust haben, würde ich mich gern auf einen Kaffee mit Ihnen treffen, um ein bisschen über das Filmemachen zu plaudern.

Für Ihre Antwort vielen Dank im Voraus.

Mit herzlichen Grüßen

Dan Jacobson

E-Mail, Mittwoch, 26. Oktober 2016, 7:54 Uhr

Von: Dan Jacobson

An: Nathan Harmon

Hallo noch mal, Mr Harmon,

vor ein paar Wochen hatte ich Ihnen schon einmal eine Anfrage geschickt, ob vielleicht die Möglichkeit besteht, uns zu treffen, um über das Filmemachen und Ihre Erfahrungen an der USC zu sprechen. Jetzt wollte ich nur kurz nachhaken …

Ich hoffe, bei Ihnen ist alles in Ordnung. Ich würde mich wirklich freuen, wenn es klappen würde.

Herzliche Grüße

Dan Jacobson

Messenger-Unterhaltung, Donnerstag, 27. Oktober 2016, 12:54 Uhr

Dan
Das wird dich jetzt schocken, Schulman. Aber das Shirt, das du heute anhast, ist ziemlich durchsichtig.

Arielle
Das soll so sein, du kleiner Perversling. Genieß es.

13

Los Angeles, Montag, 15. Mai 2017, 20:46 Uhr

Bereit für den nächsten Brief, Dan?

Ich befinde mich gerade in deinem Garten, umgeben von Sukkulenten, und schaue zu, wie Jessa und ihr Internetfreund auf der Veranda rummachen und sich mithilfe des Selfiesticks dabei fotografieren. Weißt du noch, wie all das angefangen hat? Ein paar Tage nach dem MOCA-Vorfall wollte ich dich unbedingt wiedersehen und war so verzweifelt, dass ich nachts um zwei am Rankgitter an eurem Haus hochgeklettert und durchs Fenster in dein Zimmer gestiegen bin. Jämmerlich, ich weiß. Dabei war ich echt stark geblieben, während du wegen meines Stipendiums immer noch am Schmollen warst. Aber nachdem einige Zeit vergangen war, hatte ich doch wieder Sehnsucht nach dir. Erbärmlich? Oder romantisch?

»Dan?«

Du bist wach geworden und warst total kaputt und genervt. »Nat, echt jetzt …«

Aber dann habe ich dich geküsst und an bestimmten Stellen berührt, und deine Stimmung hob sich. Du wirktest erregt und zumindest halb ergeben, und es sah so aus, als hättest du nichts dagegen, dass ich über Nacht bleibe.

»Ich muss in vier Stunden aufstehen«, sagtest du nach mehreren Minuten lustlosen Knutschens.

»Macht nichts, ich kann dich fahren. Wenn du nicht die Bahn nehmen musst, haben wir ein bisschen mehr Zeit.«

»Aber dann verpasst du die erste Stunde.«

»Egal, ich verbringe die Zeit lieber mit dir.«

»Lass uns einfach schlafen, okay?«

Das tat weh, Dan. Wenn du die Wahl zwischen Schlafen und Sex hattest, hattest du dich noch nie für Schlafen entschieden. »Ach komm schon«, versuchte ich die Kränkung zu überspielen. Ich griff nach dem Bund deiner Boxershorts und zog dich näher heran. Du hast unbehaglich gelacht, dich aus meinem Griff befreit und den Kopf unter dem Kissen vergraben.

Ich seufzte. »Wieso willst du denn nicht mit mir schlafen?«

»Will ich doch«, sagtest du und schautest mit einem ausweichenden Grinsen unter dem Kissen hervor. »Aber diesmal meine ich mit schlafen wirklich schlafen.«

Aber das reichte mir nicht, Dan. Ich fühlte mich zurückgewiesen und ungewollt, und weil du nicht willens warst, mich aufzumuntern, beschloss ich, dich runterzumachen. »Was für ein Mann lehnt heißen Sex ab?«

Dein Körper versteifte sich. »Keine Ahnung.« Dein Gesichtsausdruck war plötzlich eiskalt. »Was für ein Mädchen klettert nachts durchs Fenster und bettelt darum, gevögelt zu werden?«

Mein Ego krachte zu Boden.

»Du willst nicht mit einem Mädchen zusammen sein, das gern Sex hat, Dan.« Ich schnappte mir mein Handy und stieg aus dem Bett. »Du wärst viel lieber mit einer sündenfreien Jungfrau zusammen.«

Das war dir nun doch etwas peinlich. Du bist schamrot geworden und hast gleich einen Rückzieher gemacht. »Das hab ich damit nicht gemeint. Außerdem hast du doch angefangen.«

Und genau das war der Grund, warum ich dir nie die Wahrheit über meine Vergangenheit erzählt hatte.

Warum ich dir vorgemacht hatte, ich wäre unberührt und rein.

Genau vor solchen Situationen hatte ich mich immer

gefürchtet – wo du in mir den Menschen erkennen würdest, der ich wirklich bin: eine Nymphomanin, ein schmutziges Mädchen. »Wenn ich dir jetzt eine Frage stelle, würdest du mir dann ehrlich antworten?«

Du hast genickt und es sah so aus, als würdest du dich innerlich wappnen.

»Schwör's.«

»Ich schwöre.«

Auf einmal fragte ich mich, warum ich überhaupt hergekommen war. Hatte ich mir was vorgemacht, als ich dachte, du würdest dich freuen, mich zu sehen? Dass wir das Ganze nach dem Eklat wegen des MOCA irgendwie wieder hinkriegen konnten? »Findest du mich abstoßend?«

»Was? Nein.« Es klang ehrlich, aber ich glaubte dir nicht.

»Willst du Schluss machen?«

»Natalie.«

»Antworte.«

»Nein.«

»Aber du willst mich nicht anfassen.«

»Es ist einfach nur schon sehr spät, Nat.«

»Findest du, ich bin eine Schlampe?«

»Natalie, hör auf.« Du hast mich gepackt und wieder aufs Bett gezerrt.

Ich war völlig am Ende, Dan. Ich hatte es so satt – das ewige Versuchen, das Kämpfen, das Satthaben.

»Okay«, sagte ich und legte mich hin. Ich wollte nur, dass du mich in den Arm nimmst. Dass alles wieder so ist wie früher, als wir beide noch neu füreinander und unbeschwert waren und unsere Beziehung voller Hoffnung.

Am nächsten Morgen schien alles besser zu sein.

»Zieh das an«, hast du gesagt, als ich zur Tür rauswollte, und mir deine Lieblingsjacke mit Fleecefutter hingehalten. »Es ist kalt draußen.« Dann hast du mir einen nach Zahnpasta schmeckenden Kuss auf den Mund gedrückt und mir die Jacke über die nackten Schultern gelegt.

Ich nickte, erwiderte deinen Kuss und entschuldigte mich für die Nacht. »Ich hätte dich nicht so überfallen sollen«, sagte ich. Von dir kam nur so ein Murmeln in Richtung »schon okay«, aber keine Entschuldigung.

Die Jacke war außen glatt und wasserabweisend, innen warm und weich. Und sie duftete schwach nach dem Aftershave, das du kaum benutzt – das mit der leichten Holznote, weißt du? Ich schnupperte am Futter, steckte die Hände in die Taschen und ertastete etwas Hartes, Rechteckiges. »Oh, dein Handy.« Als ich es rausholte, tauchte ein Foto von uns vom letzten Frühjahr als Bild-

schirmschoner auf dem Display auf. Meine Knie wurden weich. Damals waren wir so glücklich gewesen – wir beide ganz allein am Strand, die Augen gegen die Sonne zugekniffen, vom Wind verwehte Haarsträhnen im Gesicht. »Kann ich das auf mein Handy weiterleiten?«

Du hast mir dein Handy abgenommen, ein warmes Lächeln umspielte deine Augen. »Das war ein schöner Tag«, hast du gesagt, dein Passwort eingetippt und mir das Telefon wiedergegeben … und da ploppte dein Messenger auf.

»Dan?«

Du hattest mir den Rücken zugedreht und warst damit beschäftigt, deine Kamera und deinen Schulkram in deine Tasche zu stopfen. »Hmm?«

Mir wurde ganz schwarz vor Augen. Mein Kopf war auf einmal kochend heiß. Hastig scrollte ich die Unterhaltung runter.

Kannst du morgen was Unzüchtiges zur Schule anziehen?

Die Elfe mal wieder.

Keine zwölf Stunden war es her, dass du dieser widerlichen Scheißelfe schlüpfrige Nachrichten geschickt hattest.

Und da drehte ich durch.

»Du Lügner! Du Feigling!«, kreischte ich und schleuderte dein Handy quer durchs Zimmer.

Verdattert hast du dich umgedreht. »Hey! Was ist denn jetzt los?«

»Ich hab dich immer wieder gefragt, ob du Schluss machen willst, und du hast geschworen, nein, du willst mit mir zusammen sein. Du hast es GESCHWOREN. Du hast bei der Wanderung gesagt, du willst nur eine Auszeit, neue Perspektiven und Abstand und so. Von wegen!« Ich rannte zur Tür, aber du warst schneller und hast mir den Weg versperrt.

»Natalie, hör jetzt auf.« Du hast mich bei den Handgelenken gepackt – und es tat weh. »Was zum Teufel ist denn plötzlich in dich gefahren?«

»Wie geht's Arielle, Dan?«

Das brachte dich augenblicklich zum Schweigen. Dein Gesicht wurde aschfahl. »Wir haben noch nichts gemacht.«

»NOCH? Oh Gott.« Ich riss meine Hände los und verdrehte die Augen. »Geh mir aus dem Weg!«

»Es tut mir leid!«

»Es tut dir LEID?!«

»Könntest du bitte ...«, dein Finger wedelte vor meinem Gesicht herum, »... nicht so schreien? Jessa schläft noch.«

»Ist mir doch scheißegal, ob deine Schwester uns hören kann oder nicht!« Ich wollte nach der Türklinke greifen, aber du hast dich wieder davorgestellt. »Geh mir aus dem Weg!«

»Lass mich doch erst mal alles erklären.«

»Was denn erklären? Dass du mich deswegen nicht ficken willst, weil du schon eine andere gefickt hast?« Ich schlug deinen Arm beiseite. »Danke, darauf kann ich verzichten.« Ich riss die Tür auf und rannte weg.

»Ich hab keine andere gefickt!«

»Ich glaub dir kein Wort.«

»Natalie!«

»WAS?!« Ich blieb unten an der Treppe stehen und starrte zu dir hoch. Ich fühlte mich schrecklich und gleichzeitig wie high, als hätte ich mir einen Riesencocktail Adrenalin und Rachsucht reingezogen.

»Bitte geh jetzt nicht so.«

»Du liebst mich doch gar nicht, Dan.«

Und du? Du hast GEZÖGERT, Dan. Scheiße. »Doch, tu ich.«

»Okay, weißt du was?« Ich nestelte an dem Griff der Fliegengittertür. »Dein Film ist ein Haufen Dreck. Fick dich.« Damit rannte ich aus dem Haus. Es war beißend kalt draußen, aber ich stürzte zu meinem Buick, stieg ein, drehte den Schlüssel in der Zündung und drückte aufs Gas.

»Natalie!«, hast du geschrien, während ich mit quietschenden Reifen eure beschissene löchrige Auffahrt runterraste.

Ich hab dich gehört, Dan, ich hab dich sehr wohl gehört, aber ich hab nicht angehalten. Ich bog scharf nach links ab, dann wieder nach rechts, und – PUFF! – warst du wie von Zauberhand verschwunden.

Nat

Dan, 13:52 Uhr

Krass, oder? Aber echt präzise Beschreibung. Jedermanns Albtraum als hochklassiges Sechzig-Sekunden-Drama. Mein Film war ein Stück Dreck und Natalie hatte endlich die Bestätigung dafür, dass ich was mit Arielle laufen hatte. Nur dass ich *nichts* mit Arielle laufen hatte. Jedenfalls nichts Körperliches. Wir hatten nur ganz harmlos geflirtet – eine Textnachricht hier, eine kleine Anspielung da. Ari war wie ein Stück Zucker, wenn ich total am Boden lag, ein schnell wirkendes Aufputschmittel, wenn ich mich im Schatten von Nats alles überstrahlendem Licht verloren fühlte. Aber davon wollte Nat nichts hören. Sie verlegte sich schlagartig auf das, was sie am besten konnte – hysterisch zetern und beleidigen. Und auf einmal waren wir … ZACK! … kein Paar mehr. Oder doch? Ich meine, keiner von uns beiden hatte es ausdrücklich ausgesprochen, aber wie soll man nach so einem bösartigen Ausbruch noch zurückfinden?

Nachdem sie abgedampft war, hatte ich keine Ahnung, was ich tun sollte. Warten? Ihr hinterherfahren? Sie in Ruhe lassen? Zur Schule gehen? Ich fühlte mich wie betäubt und gelähmt, wie ein narkotisierter Zombie-Roboter, dem man das Gehirn rausoperiert hatte. Eine Weile stand ich einfach nur auf dem Rasen und wartete darauf, dass irgendwas passierte. Dann ging ich zurück ins Haus, nahm meine Tasche und stapfte den Hügel runter zur Bushaltestelle. Mir fiel einfach nichts Besseres ein.

Als ich in der Schule ankam, war die halbe Trigonometrie-Stunde schon vorbei, also verbrachte ich die Zeit bis zum Klingeln auf einer Bank hinter der Aula. Ich schickte Nat mehrere Nachrichten, bekam aber keine Antwort. Was, wenn sie eine Dummheit begangen hatte? Was, wenn sie betrunken über die Autobahn raste? Mein Herz stolperte und prustete wie ein Auto mit Fehlzündung. Ich drehte schier durch. War rastlos wie eine Maus im Käfig. Irgendwann schrieb ich Ruby.

D: Wo bist du gerade?

R: Weltliteratur. Warum?

D: Ich glaube, Nat und ich haben gerade Schluss gemacht.

R: Ach du Scheiße.

R: Echt jetzt?

R: Ich hab die nächste Stunde frei. Soll ich dich auf dem Weg zu 7-Eleven aufmuntern? Dir ein Wassereis spendieren?

R: Dan, alles klar?

D: Ich hab in der nächsten Stunde Chemie. Wir schreiben einen Scheißtest.

Und ich hab heute schon Mathe geschwänzt.

R: Okay, dann nicht, wie du willst.

Ich wollte nicht mehr denken, wollte mein Gehirn abschalten, wollte endlich Ruhe haben vor diesem Scheißteufelskreis mit Natalie, wo jeder Streit damit endete, dass sie zu sprunghaft und ich nicht gut genug war. Ich wollte nicht mehr auf ihren Erfolg neidisch sein. Ich wollte ein guter Mensch sein, aber gleichzeitig die Freiheit haben, nach Belieben rumzuvögeln. Scheiße, ich war – *bin* – doch erst siebzehn! Kann man da nicht auf Unzurechnungsfähigkeit wegen pubertärer Unreife plädieren?

D: Ersetze Wassereis durch Whisky und Pommes und wir haben einen Deal.

R: Dann sind wir bis Mittag stockbesoffen. Willst du wirklich den ganzen Schultag hinschmeißen?

Ich hab echt überlegt. Aber dann wurde mir klar, worin der Schlüssel zur Freiheit liegt: »Scheiß drauf« zu sagen und nicht mehr zu überlegen.

Wir gingen nicht zum Supermarkt. Wir gingen zu einem Schnapsladen an der Colfax Street, wo Ruby einem Obdachlosen zehn Dollar in die Hand drückte, damit er uns eine Flasche Bourbon kauft. Dann liefen wir zwei Blocks weiter zu einem jüdischen Deli, wo wir uns Sandwiches und Cola holten, mit denen wir schließlich zu einem vormittäglichen Alkoholpicknick in den Park pilgerten.

»Also, willst du darüber reden?«, fragte Ruby nach ihrem ersten schlabberigen Bissen Roastbeef-Sandwich. Ihre Eltern ernährten sich nur von Algen und ihren buddhistischen Idealen, also nutzte sie jede Gelegenheit, Fleisch zu essen.

»Ja klar«, sagte ich, obwohl mein Magen total in Aufruhr war. Ich hatte gehofft, schon etwas betrunkener zu sein, wenn Ruby mit ihren Fragen loslegte. »Nat hat auf meinem Handy ein paar Nachrichten von Arielle Schulman gefunden.«

Ruby verzog das Gesicht. »Oh.«

»Wir haben nichts gemacht! Das war nur blödes Rumgeplänkel.«

»Mit sexuellem Inhalt?«

»Noch nicht mal! Zumindest nicht so ganz.«

Sie schüttelte den Kopf.

»Mach das nicht. Und schau mich nicht so an.«

»Aber das ...«, sie leckte sich etwas Salatsoße vom

Daumen, »kannst du nun mal nicht machen. Du kannst nicht mit einem Mädchen zusammen sein und mit einem anderen rumschäkern. Ihr hättet schon vor langer Zeit Schluss machen sollen.«

Ich zuckte mit den Schultern. Ruby zog die Flasche Bourbon raus und peppte mit dem Whisky unsere Colas auf.

»Bist du jetzt eigentlich erleichtert?«, fragte sie, kaute an ihrem Strohhalm und sah mich von der Seite an.

Ich dachte an die vergangene Nacht. An den Sex, den wir beinahe gehabt hätten. An das blöde Gefühl, das ich gehabt hatte, und den gemeinen Spruch, den ich ihr an den Kopf geschmissen hatte, dass sie darum bettelte, gevögelt zu werden.

»Ganz ehrlich? Ich fühle mich eher schuldig.«

»Solltest du nicht. Die Frau ist ein emotionaler Vampir.« Ruby nippte wieder an ihrer Cola. »Du bist ein Guter, Dan«, sagte sie dann.

Was für ein Mädchen bettelt darum, gevögelt zu werden?

Was für ein Mädchen bettelt darum, gevögelt zu werden?

Was für ein Mädchen bettelt darum, gevögelt zu werden?

»Nein«, widersprach ich und kippte mir noch ein,

zwei, drei Schuss Whisky in meine Cola. »Bin ich definitiv nicht.«

Irgendwann später, als wir wesentlich betrunkener waren, landeten wir bei Ruby, um uns veganes Eis und irgendwelche beknackten TV-Sendungen reinzuziehen.

»Möchtest du Schlagsahne?«, fragte sie und wedelte mit einer Sprühdose vor meinem Gesicht herum – wobei sie leicht schwankte –, bevor sie den Sprühkopf wieder auf die Schüssel Eis richtete.

»Das ist aber nie im Leben echte Sahne.«

»Aus echten Regenbögen und Sojabohnenquark gemacht.« Taumelnd sprühte sie mir eine Ladung Tofusahne aufs Eis. »Kirsche?«

Als ich den Kopf schüttelte, fühlte es sich an, als würde es zwischen meinen Ohren auf merkwürdige, aber angenehme Art platschen. Ein Viertel der Whiskyflasche war leer und hatte mir eine wohltuende Taubheit geschenkt. »Können wir uns einen Horrorfilm angucken oder so?«

»Du meinst selbst gedrehte Hausfrauenpornos?« Sie leckte sich die Sahne von der Hand. »Hol mal bitte ein paar Servietten.«

Bei Ruby zu Hause roch es immer nach Reis. Ihre Mutter schwor auf makrobiotisches Essen und in der Küche stand ein Reiskocher, der rund um die Uhr in Betrieb war.

Die Regale im Wohnzimmer bogen sich unter der Last unzähliger Kristalle, Totems und Taschenbücher über geistige Erleuchtung. Außerdem war das Haus voller Topfpflanzen – hängende, kletternde, in Ecken geklemmte … Der größte Kübel stand auf der Veranda.

»Wann kommt deine Mutter eigentlich zurück?«, fragte ich, machte es mir auf der Couch bequem und verschlang einen Schokominztaler.

»Nicht vor sechs.« Ruby griff nach der Fernbedienung und schob ihre Füße unter meinen Hintern. »Okay, also was Gruseliges …«, sagte sie und zappte sich durch das Filmangebot des Streaming-Anbieters. »Folterhorror? Oder lieber was Paranormales? Oder was mit Monstern?«

»Trägst du eigentlich Make-up?«, fragte ich. Eine betrunkene Frage. Eine dumme Frage.

»Wie bitte?« Rubys Augen blitzten vor Belustigung und Argwohn. »Wie kommst du denn jetzt dadrauf?«

»Keine Ahnung.« Ich lachte. »Ich meinte eigentlich deinen Mund.« Ihre Lippen sahen so weich und sinnlich aus und hatten die Farbe eines frischen blauen Flecks. »Machst du irgendwas Besonderes, damit deine Lippen so aussehen?«

»Damit sie *wie* aussehen?« Errötend und ohne nachzudenken, fuhr sie sich über den Mund. »Meinst du, ob ich Lipgloss nehme oder so?«

Natalie hatte immer ein Gloss benutzt, das ich sehr mochte. Es roch nach Teig und ließ unsere Lippen ein bisschen zusammenkleben, wenn wir uns küssten.

»Die sehen ein bisschen lila aus.«

»Meine Lippen?«

»Ja.« Ich dachte an die verschiedenen Arten von Küssen – süß und innig, mit und ohne Zunge, solche, die man Babys und Kuscheltieren aufdrückt. Ich überlegte, wie es sich wohl anfühlen würde, Ruby zu küssen. »Was war eigentlich mit dir und diesem alten Lackaffen, mit dem du mal zusammen warst?« Der alte Lackaffe war ein Elftklässler von der UCLA gewesen.

»Du meinst, ob ich meine Unschuld an ihn verloren hab?« Sie wartete offenbar darauf, dass ich irgendeine spitze Bemerkung dazu rausließ, aber als ich schwieg, fuhr sie fort: »Ich warte lieber auf den Richtigen.«

Ich spürte, wie irgendwas Vertrautes in mir aufstieg, irgendwas Hässliches, Animalisches. »Und wer soll das sein?«, fragte ich, obwohl ich die Antwort schon kannte. Ich wusste, was Ruby für mich empfand, was sie schon immer für mich empfunden hatte.

»Willst du mich jetzt zwingen, es auszusprechen?«

Nein, noch schlimmer. Ich wollte sie zwingen, es mir zu beweisen.

Also schob ich ein Sofakissen beiseite und küsste sie.

Obwohl ich nur allzu gut wusste, dass es verkehrt war. Ruby war betrunken. Und ich hatte noch bis vor sechs Stunden in einer total kranken, aufreibenden, wilden, schrecklichen, aufregenden, beängstigenden Beziehung mit einem Mädchen gesteckt, das vielleicht die Liebe meines Lebens war – oder auch nicht. Ich war am Boden zerstört. Ich war geil. Ich war desillusioniert und besoffen und ich wollte es tun, also tat ich es. Und ich hätte es bereuen sollen, aber das tat ich nicht, denn … manchmal ist ein Kuss einfach nur ein Kuss, und manchmal …

Ruby fuhr mir mit beiden Händen durch die Haare, ihr Mund war weich und öffnete sich und sie schmeckte so süß und fühlte sich so warm an. Jedes Mal, wenn unsere Lippen sich berührten, kribbelte es in mir wie elektrischer Strom. Wir schlangen die Beine ineinander und rissen uns die Shirts vom Leib. Irgendwie war alles auf einmal so feucht, unsere Haut, unsere Hände, und ich war so unfassbar erregt, dass ich sie bei den Hüften packte. Sie stöhnte leise und wir küssten uns heftiger und berührten uns fester und sie flüsterte etwas in meinen Mund hinein: »Es ist perfekt, ich will es.«

Ich wusste, was sie meinte, wusste, dass sie ihr erstes Mal mit mir erleben wollte. Was gleichermaßen schmeichelhaft wie erschreckend war, denn verdammt, was tat ich hier eigentlich? Das war *Ruby*, meine beste Freundin, und *Natalie* – meine Freundin? meine Exfreundin? – hatte noch an diesem Morgen in meinem Bett gelegen.

»Das geht nicht«, sagte ich und löste mich von Ruby.

»Warum nicht?« Ihr Atem ging immer noch keuchend, sie sah total durcheinander und zerzaust aus und so, so wunderschön.

»Weil es einfach nicht geht, Rubes, das mit uns.« Ich sah beschämt zur Seite. »Tut mir leid.«

In ihren Augen glänzten Tränen. »In der Zehnten war es Ginny Schecter, danach dieses Mädchen aus dem Crossroads, und dann tauchte plötzlich Natalie auf, hochnäsig und verkorkst und stinkreich.« Sie wischte sich fahrig über die Nase. »Wieso nicht ich, Dan? Wieso niemals ich?«

»Weil du immer meine beste Freundin warst. Meine beste Freundin *bist*.«

»Na und?«

»Mit dir steht viel mehr auf dem Spiel.«

»Das ist doch Schwachsinn.« Sie sah so traurig und am Boden zerstört aus. »Das ist doch nur so ein blöder Spruch, den sich Schauspieler in schlechten Filmen um die Ohren hauen.«

Sie hatte recht, das klang wirklich nach einem schlechten Film. Warum war es *tatsächlich* nie Ruby gewesen? Ruby gab mir das Gefühl, geborgen zu sein und geliebt zu werden, während Natalie immer bewirkt hatte, dass ich mich wie ein neidisches, verbittertes Stück Scheiße fühlte.

Kein Wettbewerb, ja? Wirklich?

Der Buick fiel mir sofort ins Auge, wie er da zwischen Garage und Dads Sukkulentengarten eingeparkt stand.

»Hi«, sagte Nat. Sie kauerte, die Knie an die Brust gezogen, auf dem Zweisitzer aus Weidengeflecht, der auf der Veranda stand.

»Hi«, erwiderte ich und ging langsam und beklommen auf sie zu. Mein Bourbonrausch war so gut wie weg, und jetzt, so völlig verkatert, wurde mir die Tragweite dessen bewusst, was ich getan hatte.

»Ich muss es einfach wissen«, sagte Nat und stand auf. »Hast du die Elfe gefickt?«

Sie meinte natürlich Ari, aber in meinem Kopf drehte das Bild von Ruby eine Folterrunde nach der anderen. »Nein. Hab ich dir doch schon gesagt. Wir haben uns nur ein paarmal blöd geschrieben. Wenn du und ich Streit haben, flirten Ari und ich. Mehr nicht.«

»Schwörst du's?«

»Ich schwöre.«

»Du hast das Mädchen noch nie angefasst?«

»Noch nie.«

»Schwöre es auf deine Mutter.«

Ich zögerte eine Sekunde, dann entschied ich mich für den Weg des geringsten Widerstands. »Ich schwöre es auf meine Mutter.«

Nats Ausdruck wurde weicher. »Was ich über deinen Film gesagt hab … Das hab ich nicht so gemeint.«

Und plötzlich brach der Damm. Ich sackte zusammen, schlug mir die Hände vors Gesicht und weinte, heulte wie ein kleines Kind.

Nat schlang die Arme um mich und strich mir über den Rücken. »Alles gut …«, flüsterte sie, und ihre sauberen Haare fielen über mein schweißklebriges Gesicht.

»Nein, nichts ist gut.«

»Doch, ist es. Dan, schau mich an.«

Ich sah ihr in die Augen.

»Warum weinst du?«

»Keine Ahnung.« War es wegen des Streits? Oder weil ich mich schuldig fühlte wegen des Ausrutschers mit Ruby? »Tut mir leid.«

»Ja, mir auch.« Sie wischte mir über die feuchten Wangen. »Willst du mit dem Mädchen zusammen sein?«

Wollte ich nicht. »Nein.«

»Willst du weiter mit mir zusammen sein?«

Da war ich mir ehrlich gesagt nicht sicher. »Ja.«

»Du hast eine Fahne.«

»War ein alkohollastiges Mittagessen.«

Sie küsste mich auf den Hals, dann auf die Wangen, auf den Mund. Alle Stellen, die auch Ruby vor nicht allzu langer Zeit geküsst hatte. »Nat …« Mir drehte sich der Magen um vor lauter schlechtem Gewissen.

»Nimm mich in den Arm«, forderte sie sanft. »Bitte, Dan … Können wir einfach so tun, als hätte dieser Vormittag nie stattgefunden?«

Ich schlang die Arme um ihre Taille und drückte sie ganz fest. »Okay«, sagte ich und überlegte, ob mir vielleicht gerade eine Art Begnadigung zuteilgeworden war. Wir hatten gestritten, ich war verwirrt, ich hatte was Dummes getan. Aber vielleicht konnten wir über diesen kleinen Fehltritt einfach irgendwie hinwegsehen?

»Dan, du zitterst ja.«

»Ich glaube, ich hab einen Kater.«

»Sag, dass du mich liebst.«

»Ich liebe dich.«

»Noch mal.«

»Ich liebe dich.«

»Noch mal.«

»Ich liebe dich, Nat.«

Messenger-Unterhaltung, Donnerstag, 2. März 2017, 19:43 Uhr

Ari
Manchmal, wenn Whitman mich mal wieder frustet, muss ich an dich denken. Ob du und ich einander lieben könnten, wenn wir nicht jemand anderen lieben würden. Manchmal hab ich Fantasievorstellungen von dir. Du von mir auch?

Dan
Ständig.

Dan
Kannst du morgen was Unzüchtiges zur Schule anziehen?

Ari
X

14

DTLA, Dienstag, 16. Mai 2017, 20:46 Uhr

Dan,

vor sieben Wochen (wir waren gerade sechzehn Monate zusammen) sind du und ich zum ersten und einzigen Mal zusammen auf einen Märchenball gegangen. Die Blumen, die feine Garderobe, die rosa Stretchlimousinen … Die Valley-Kids wissen echt, wie feiern geht. Striptease-Stilettos und fleischfarbene Ansteckstäußchen sind vielleicht nicht der eleganteste Style, aber … Holla, die Waldfee!

Statt die ganze Strecke über den Hügel zu fahren, um die Erfahrung von damals nachzustellen, bin ich lieber in der Lobby des historischen Biltmore Hotels geblieben, in dem es angeblich spukt. Ich habe es mir auf einem übermäßig aufgepolsterten Zweiersofa bequem gemacht, eine Virgin Pina Colada in der Hand, an einem ganz normalen Schultag.

Okay, hier kommt die dramatische Wiederaufführung der damaligen Ereignisse. Ich spiele dabei die Rolle des OPFERS.

AUFBLENDE:

BURBANK MARRIOTT AIRPORT HOTEL. FESTHALLE. NACHT.

Abschlussball der Zwölftklässler im San Fernando Valley. Stroboskoplicht, Popmusik, schulspezifische Hoteldeko. Mädchen mit glitzernden Kleidern zappeln rudelweise auf der vinylbedeckten Tanzfläche. Verschwitzte Jungs mit Smoking saufen Whisky aus silbern schimmernden Flachmännern.

BEN WHITMAN, groß gewachsen und arrogant, klatscht DAN JACOBSON ab, einen komplexbeladenen kleinen untreuen Scheißkerl. Whitmans Freundin ARIELLE SCHULMAN – weithin als verruchte, schamlose Schlampe bekannt – pflanzt Dan einen schmatzenden Kuss auf die Wange.

OPFER (alias ICH) fällt vornüber und stirbt.

Ich hätte dich am liebsten umgebracht, Dan. Scheiße, ein Kuss? Wie konnte sie es wagen, diese verfickte Scheißelfe? Ich schoss den bösesten Blick auf sie ab, den ich zur Verfügung hatte, sie duckte sich darunter weg und schrumpfte zusammen. Da wusste ich sofort, dass ihr was miteinander hattet. Ich zog dich beiseite und sagte: »Du Lügner!«

Du bist rot angelaufen, aber standhaft geblieben. »Tu das nicht, Natalie. Versau uns nicht den Abend.«

Aber der war längst versaut. Ich hatte doch gesehen, wie sie dich anschmachtete und wie du ihren Blicken ausgewichen bist. »Sag's mir einfach.«

»Was denn?«

»Dass du sie gefickt hast.«

»Ich hasse es, wenn du so redest.«

Also brüllte ich dir »FICK DICH!« mitten ins Gesicht und stampfte davon. Meine Halsschlagader pochte rot glühend. Du kamst hinter mir her und versuchtest mir weiszumachen, dass nichts zwischen euch gelaufen ist. Aber ich wollte ein Geständnis, also schwenkte ich auf eine sanftere Taktik um. »Ich will nur, dass du ehrlich zu mir bist«, sagte ich und nahm deine feuchtkalte Hand. »Ich kann damit umgehen, wenn du mich betrogen hast. Ich kann nur nicht damit umgehen, wenn du mich anlügst und behauptest, du hättest es nicht getan.«

»Ich lüge dich nicht an«, sagtest du, aber das war gelogen. Dan, es war gelogen, ich spürte es! Und dann tauchten plötzlich Ruby und diese andere Tussi wie aus dem Nichts auf. Ruby wirkte traurig und ihre Freundin

total wütend, und keine von beiden blieb stehen, um uns zu begrüßen, oder warf auch nur einen kurzen Blick in unsere Richtung. Aber ich wusste, dass sie uns gesehen hatten, weil ich NUN MAL DINGE WEISS, und auf einmal traf mich die Erkenntnis wie ein Schlag: Vielleicht hattest du mich tatsächlich nicht angelogen, was Arielle betraf. Vielleicht hatte ich mir die ganze Zeit wegen des falschen Mädchens Sorgen gemacht.

»Ruby sieht heute Abend richtig hübsch aus«, sagte ich, um dich auf die Probe zu stellen. Sie und ihre Freundin waren inzwischen auf der Toilette verschwunden.

»Ja?« Mit einem Achselzucken schautest du dich um. »Hab sie noch nicht gesehen.«

Ach tatsächlich? Der rosa Lipgloss auf ihrem Mund, das perfekt geglättete Haar … War dir das alles noch nicht aufgefallen? Ihr kleines sexy Kunstfaserkleid? Immerhin war Ruby das Mädchen, das du seit deinem dreizehnten Lebensjahr kanntest. Ihr hattet sogar mal mit euren Familien gemeinsam Urlaub gemacht, in Mammoth. Wegen ihr hattest du mich in Joshua Tree sitzen lassen. Wie konnte dir da ihr unübersehbares Vorbeiflanieren entgehen?

»Ich bin dann mal weg«, sagte ich. In meinem Kopf schrillten sämtliche Alarmsirenen.

»Willst du mich verarschen? Natalie, das ist unser ABSCHLUSSBALL!«

»Na und?« Ich riss mir das Ansteckstäußchen vom Kleid.

»Hey!« Du packtest mich beim Handgelenk und zogst mich an dich heran. »Tu das nicht!«

»Dann sei doch ehrlich zu mir.«

»Ich BIN doch ehrlich.«

»Schwachsinn.« Ich schüttelte dich ab und rannte weg.

Dan, 14:25 Uhr

Das Mädchen, das Nat meint, das an dem Abend mit Ruby in der Lobby des Marriott war – das war Sue Jablonski, Rubys gruseligste Freundin.

Sue war schon immer ziemlich hochnäsig und spaßbefreit gewesen, aber nachdem Ruby und ich diesen erinnerungswürdigen Abend miteinander erlebt hatten, fing Sue an, mich komplett zu ignorieren. In der Schule schoss sie tödliche Blicke auf mich ab, und immer wenn ich vorbeiging, nahm sie Ruby schützend in die Arme. Gemeinsame Freunde sprachen mich darauf an, was ich Sue denn getan hätte, dass sie so angepisst war? Ob ich ihr das Essensgeld geklaut hätte. Oder die Stiftmappe. Und wieso wurden Ruby und ich eigentlich nicht mehr zusammen gesichtet? Was war mit unserer einzigartigen Verbindung passiert? Mit unserer unerschütterlichen Freundschaft?

Sex war passiert, was sonst. Oder zumindest etwas, was dem ziemlich nahe kam.

Es hatte sich bis in die Tiefen unserer Freundschaft geschlängelt und alles verseucht. Ich kann nur darüber spekulieren, was Ruby ihrer Freundin Sue über den Vorfall erzählt hat. Vielleicht, dass ich gedankenlos gehandelt hatte. Oder noch schlimmer, herzlos. Und ganz unrecht hätte sie damit nicht, oder?

»Du musst das Mädchen loswerden, Dan.«

Jessa beugte sich am Küchentresen über eine Schüssel übrig gebliebener Spaghetti carbonara, als sie mir diesen ungebetenen Ratschlag bezüglich meiner Beziehung vor den Latz knallte. »Ehrlich, ich versteh einfach nicht, wieso du und Natalie euch nicht schon längst getrennt habt.«

»Weil wir uns lieben vielleicht?«

»Vielleicht?«

Ich war mir nicht sicher. Sollte Liebe sich so anfühlen? Sollte eine Beziehung von Missgunst und Lügen geprägt sein? Ich verzog schuldbewusst das Gesicht, als ich an meinen Nachmittag mit Ruby zurückdachte. »Ich hab was Blödes getan.«

»Und zwar mit Ruby.«

»Nein!«

»Nein?«

»Na ja, irgendwie schon.«

»Dan!«

»Ich meine, wir haben nicht miteinander geschlafen oder so. Aber Moment mal, woher weißt du das eigentlich?«

»Ich hab doch Augen im Kopf, du Opfer! Du lässt das Mädchen doch schon seit einer gefühlten Ewigkeit zappeln!«

Ich schluckte einen golfballgroßen Kloß im Hals herunter. »Echt jetzt?«

»Dan!«

Die Wirklichkeit dessen, was ich getan hatte, überrollte mich wie eine Lawine. »Nat weiß es. Ich bin mir sicher, sie weiß es. Also, vielleicht nicht in allen Details, aber sie hat mir erst haufenweise Löcher in den Bauch gefragt über so ein anderes Mädchen, und auf einmal ... Es ist, als hätte sie es *körperlich* gespürt, dass ich mit jemand anderem rumgemacht habe, und ...«

»Okay, das reicht jetzt«, sagte Jessa und hielt sich beide Hände schützend an den Kopf. »Hör auf zu jammern und benimm dich wie ein erwachsener Mensch. Willst du mit ihr zusammen sein?«

»Mit wem?«

Sie verpasste mir eine Kopfnuss. »Mit deiner Freundin, du Vollhonk!«

»Keine Ahnung.«

»Und was ist mit Ruby?«

Ich zuckte hilflos mit den Schultern. Da war ich mir eben auch nicht sicher. »Ich muss es Nat sagen. Ich fühl mich so mies.«

»Dein Problem, wie *du* dich fühlst. Willst du jetzt ernsthaft dafür sorgen, dass Nat sich noch mieser fühlt als eh schon?« Sie schaufelte sich eine Löffelladung Erbsen in den Mund.

»Aber hast du nicht eben gesagt, wir sollten uns lieber trennen?«

»Solltet ihr auch. Aber ihr jetzt noch zu sagen, dass du deine beste Freundin flachgelegt hast, wird die Sache nicht gerade besser machen.«

»Ich hab sie nicht flachgelegt.«

Jessa sah mich an, als hätte ich gerade den Inhalt ihrer Schminkschublade pulverisiert. »Hörst du dir eigentlich mal selber zu?«

»Kaum.«

»Es ist scheißegal, ob ihr wirklich gevögelt habt oder nicht.« Sie schob den letzten Rest Nudeln beiseite. »Wieso hast du es denn überhaupt gemacht? Ich meine, empfindest du wirklich was für Ruby?«

»Nein«, wehrte ich reflexartig ab. »Also ich meine … Ich weiß es nicht.« Ich versuchte in mein Inneres zu blicken, ob sich da vielleicht eine Antwort finden ließe. »Ich glaube, ich hab's gemacht, um mich besser zu fühlen.«

»Oh Mann.« Jessa presste die Lippen aufeinander. »Du bist echt ein Arsch.«

Ich zuckte getroffen zusammen. »Nein, bin ich nicht.«

Sie betrachtete mich aus zugekniffenen Augen und schüttelte dabei ungläubig den Kopf. »Doch, bist du, ehrlich. Schlag mal im Lexikon unter Arschgeige nach, Dan. Da ist dein Foto abgebildet, eingequetscht zwischen zwei Oben-ohne-Bilder von Justin Bieber.«

»Jess …«

»Du bist der Grund, warum ich mit keinem Typen zusammen sein will.«

»Jetzt sag doch so was nicht.«

»Ist aber so.«

Ich lachte unbehaglich in der Hoffnung, damit etwas Leichtigkeit reinzubringen und sowohl meine Schuldgefühle als auch Jessas Wut abzumildern. Aber vergebens. In ihren Augen stand die blanke Verachtung.

»Du siehst genauso aus wie Mom, wenn du sauer bist«, sagte ich mit einem Lächeln. Vielleicht würde was Schmeichelhaftes sie ein bisschen besänftigen. Und es funktionierte. Sofort wurde Jessas Gesichtsausdruck weicher, sie ließ die Schultern sinken und zog die Augenbrauen hoch.

»Ich hasse dich.«

Aber jetzt grinste sie, und ich witterte meine Chance. Also zog ich sie an mich heran und schlang die Arme um sie. »Nein, du hasst mich nicht.«

»Doch.«

»Ach, Jess.«

»Du musst echt an dir arbeiten, Dan.«

»Ich versuch's.«

»Versuch's stärker.« Mit einem lauten Seufzer löste sie sich aus der Umarmung. Dann schnappte sie sich ihre Filmkamera von einem Hocker und hielt sie mir hin. »Hier.

Du musst mein Video zum Thema ›Was ich an einem Tag gegessen habe‹ drehen.«

»Aber hast du nicht gerade eben gegessen?«

»Meinst du, ich poste ein Video von mir, wo ich mir eine Riesenladung Spaghetti carbonara reinpfeife? Na los, Dan, es wird Zeit für eine Portion Acai-Beeren.«

»Eine was?«

»Kannst du mich einfach dabei filmen, wie ich mir das Zeug anrühre?«

Ich verzog schuldbewusst das Gesicht. »Eigentlich nicht. Mir fehlen immer noch die Einverständniserklärungen von drei Dayview-Eltern, dass ich Ryans Abschlussfeier filmen darf.«

»Es dauert nur drei Sekunden.«

»Jess …«

»*Drei Sekunden.*« Sie wedelte mit der Kamera vor meinem Gesicht. »Wenn du mir hilfst, helfe ich dir auch.«

»Ach ja?«

»Das Problem ist, dass die nicht zurückrufen, oder? Okay, dann spielen wir eben Staubsaugervertreter. Mit einem sechzehnjährigen Engel an deiner Seite siehst du gleich um Längen weniger bedrohlich aus.« Sie griff ins Tiefkühlfach und holte eine Ladung nicht identifizierbarer Früchte heraus. »Also, beschreib mir dein Projekt in dreißig Sekunden.«

Lampenfieber erfasste mich und ich erstarrte. »Okay, also, es geht um diese Jugendlichen. Sie lernen fleißig und geben sich Mühe, um sich nach der Schule ein tragfähiges Leben aufbauen zu können. Ihre Eltern möchten, dass sie so selbstständig wie möglich werden, aber eigentlich geht es um viel mehr als das. Es geht um die entsprechende Gesetzgebung und die Finanzierung kommunaler Programme, es geht darum, wie man den Einzelhandel dazu bringt, mit der Interessenvertretung von Autisten zu kooperieren und …«

Jessa gähnte.

»Langweile ich dich?«

»Ja, zu Tode.«

»Hast du vielleicht einen besseren Vorschlag?«

»Jep.« Sie schmiss eine Tüte gehackte Kokosnuss auf den Küchentresen und lächelte. »Fangen wir mal damit an: Warum machst du diesen Film? Nur ein einziger Satz, bitte. Und ohne Vokabeln wie ›Gesetzgebung‹ oder ›Interessenvertretung‹ und so.«

»Was meinst du mit *warum*?«

»Na das, was ich sage: *Warum*?«

»Weil Ryans Geschichte wichtig ist. Weil er sich mit Themen auseinandersetzen muss wie alle anderen Autisten dieser Welt auch.«

»Und warum dann ausgerechnet Ryan?«

Ich fand es zum Kotzen, wenn sie mich so an die Wand stellte und mit Fragen bombardierte. »Du weißt aber schon, dass ich älter bin als du, ja?«

»Sicher?«

»Keine Ahnung, warum ich Ryan ausgesucht hab. Vielleicht weil seine Familie für die Idee empfänglich war?«

»Falsch.«

»Weil ich ihn von allen Dayview-Kids am liebsten mag?«

»Bingo!« Jessa schlug mir begeistert auf den Rücken. »Und jetzt lass uns Klinken putzen gehen und allen erklären, dass du nur diese eine Geschichte erzählen musst, um eine große Welle des Wandels loszutreten! Sag ihnen, dass du möchtest, dass diese Kids in einer Welt leben, die sie als Individuen betrachtet, nicht als Problem oder als Maskottchen. Du willst die Leute doch bewegen, oder nicht? Du willst, dass sie sich emotional in die Situation von Ryan und seiner Familie hineinversetzen, stimmt's?«

»Ja, sicher.«

»Dann musst du das sagen, was ich dir eben erklärt habe, und sonst nichts.« Sie zeigte wieder auf ihre Kamera. »Und jetzt filmst du mich.«

Ich starrte sie verdutzt an. »Du bist so viel schlauer als ich, dass mir ganz schlecht davon wird.«

»Hallo! Fang jetzt endlich an zu filmen! Ich hab schon

fünftausend Abonnenten, Dan! Ich gründe gerade meine eigene Marke!«

Mein Handy piepte. Ich griff danach und sah auf die Nachrichtenvorschau.

Wir müssen reden.

Natalie.

Textnachricht, Sonntag, 26. März 2017, 10:02 Uhr, von Matt Libby an Dan Jacobson

Deine Schwester könnte selbst Eskimos noch Kühlschränke andrehen. Ich gebe Fiona morgen das unterschriebene Formular mit zur Schule.

E-Mail, Sonntag, 26. März 2017, 14:53 Uhr

Von: Liza Wheeler

An: Dan Jacobson

Hallo Dan,

Jen und ich haben uns drüber unterhalten und beschlossen mitzumachen. Unterschriebene und datierte Einverständniserklärung anbei.

Schöne Grüße

Liza Wheeler

E-Mail, Montag, 27. März 2017, 6:55 Uhr

Von: Laura Villet, cc: Brian Villet

An: Dan Jacobson

Hier, bitte schön! Heute ist dein Glückstag.

Laura und Brian

15

Los Angeles, Mittwoch, 17. Mai 2017, 14:12 Uhr

Na, Dan, du bist doch ein schlaues Kerlchen, oder nicht?

Bestimmt hast du schon herausgelesen, was zwischen den Zeilen dieser Briefe steht: dass ich nämlich alles über deine heiße Affäre mit Ruby Lotterlady Lefèvre weiß!

Möchtest du wissen, wie ich es rausgefunden habe? Wie ich endlich – nach viel Spekulation und Paranoia – die Bestätigung für meinen ständig wachsenden, unablässigen Verdacht fand?

Ich hab deinen E-Mail-Account gehackt. Direkt nach dem Abschlussball.

»Hey, Novio?«

»Hey, Nat?«

Weißt du noch, wie wir an einem Nachmittag im

Januar, am Vortag des Wandertags-der-Hölle, in deinem Bett gesessen und Der Exorzist geguckt haben?

»Hast du vielleicht irgendwas zu naschen im Haus?«, fragte ich. Die vom Teufel besessene Linda Blair hatte gerade einem Priester Erbsensuppe ins Gesicht gekotzt, und ich hatte auf unerklärliche Weise plötzlich Hunger bekommen.

»Irgendwas finde ich bestimmt«, sagtest du, hast mich geküsst und bist dann aus dem Bett gesprungen. »Soll ich dir noch irgendwas bringen? Ein Kruzifix vielleicht? Oder das Blut eines Opferlamms?«

»Au ja!« Ich drückte auf Pause. »Aber bitte mit Sahne!«

Lachend bist du aus dem Raum gegangen. Ich wusste nicht, was ich solange mit mir anfangen sollte, also starrte ich erst eine Weile an die Wand, dann bin ich aufgestanden und habe mir Zöpfe geflochten. Ich dachte kurz und intensiv über Teufelsbesessenheit nach, wurde aber nach einer Minute oder so ganz hibbelig davon. »Kommst du bald wieder?«, rief ich.

»Ich pack uns nur schnell was zu essen zusammen!«

Ich weiß nicht, warum ich das tat, was ich dann tat, aber wenn ich hibbelig werde, mache ich halt irgendwelche Sachen. OHNE HINTERGEDANKEN klickte ich auf *deinem Laptop eine Datei namens »Web-Scheiß« an, und plötzlich tauchte ZUFÄLLIG eine Liste mit Passwörtern auf, wobei mich das Passwort zu deinem E-Mail-Account am meisten interessierte.*

»Vorsicht, ich hab ungesundes Futter dabei!« Nur wenige Augenblicke später schlepptest du ein Tablett mit haufenweise leckerem, schrecklichem Zeug herein: Käsecracker, Sprühkäse, Mini-Gürkchen, gefrorene Mini-Marsriegel.

»Du verwöhnst mich«, sagte ich, schloss unauffällig die Datei, griff mir einen Schokoriegel vom Tablett und biss kräftig hinein.

Und jetzt spul drei Monate vor, auf drei Stunden nach dem Abschlussball.

Ich war zu Hause, voller Hass auf dich, voller Misstrauen, was dich und Ruby anging, und ich hockte jetzt schon so lange auf deinem Passwort, ohne es benutzt zu haben. Ist meine Selbstbeherrschung nicht beeindruckend?

Doch nun war ich nicht mehr in der Lage, den Verlockungen des »World Wide Web der Geheimnisse und Lügen« zu widerstehen. Hastig tippte ich dein Passwort ein, und schon starrte mich dein mit Mails vollgestopfer Eingangsordner an.

Eine kurze Suche, ein, zwei Minuten Scrollen und Klicken, dann hatte ich ihn. Den Beweis.

Ich werde jetzt keine Zitate deines Mailverkehrs mit Ruby anbringen – in Briefen andere Briefe zu zitieren, ist doch affig. Aber sagen wir mal so: Es war eindeutig, dass ihr nach eurem sexuellen Abenteuer haufenweise GEFÜHLE füreinander hattet, und Ruby es einfach nicht verstehen konnte, wieso du zu deiner verrückten Schlampe von Freundin (d. h. zu mir) zurückgegangen bist.

FICKT EUCH BEIDE, IHR ARSCHLÖCHER.

Du hättest mich doch mit jeder anderen betrügen können, Dan. Einer Cheerleaderin, einer Nutte, einer Keramik liebenden Elfe. Warum Ruby? Warum ausgerechnet das eine Mädchen, das die Macht besaß, unsere GANZE BEZIEHUNG zu zerstören? War sie wirklich so viel besser als ich?

N

Dan, 15:03 Uhr

War's das jetzt? Die große finale Enthüllung? Dass sie von meiner Untreue weiß und alles mithilfe meines Mailaccounts herausgefunden hat?

Ehrlich gesagt kann ich ihr den Eingriff in meine Privatsphäre nicht mal verübeln. Ich habe schließlich wirklich was mit Ruby laufen gehabt. Nat hatte guten Grund, mir zu misstrauen, und ich an ihrer Stelle hätte vielleicht genauso gehandelt. Aber irgendwie hab ich das Gefühl, das war noch nicht alles. Da muss noch was kommen. Ein Fazit, ein Epilog, eine Auflösung. Es ist drei Uhr nachmittags, bald ist Schulschluss. Soll ich nachher noch mal im Büro fragen, ob wieder neue Briefe für mich gekommen sind? Soll ich auf dem Weg zur Abschlussfeier an der Dayview bei meinem Schließfach vorbeischauen?

Seit unserer offiziellen Trennung vor etwas über einem Monat hab ich Nat nicht mehr gesehen. Es war sonnig und kühl damals im Park, wie Herbst auf irgendeinem nordischen Planeten. Nat sah unerwartet kleinlaut und süß aus, ungeschminkt und still, und sie trug farbverspritzte, ausgefranste Jeans.

»Hey«, sagte ich und begrüßte sie mit einem flüchtigen, ungelenken Kuss. Der Abschlussball, wo wir zuletzt miteinander gesprochen hatten, war zwei Wochen her, und ich war mir immer noch nicht sicher, wo wir standen. Waren wir noch zusammen? Hatten wir uns getrennt? Ich hatte damit gerechnet, dass sie mir wie immer hinterherlaufen würde – weinend anrufen, durchs Fenster reinklettern, so was halt –, aber sie hatte nichts dergleichen getan. »Alles klar, Fremde?«

»Alles klar.« Sie lächelte, aber ihre Augen wanderten ziellos hin und her. »Wollen wir uns setzen?«

Also setzte ich mich. Eine Minute verging. Nat hob einen Stein auf, spielte damit und legte ihn wieder weg. »Ich glaube, wir sollten Schluss machen.«

Das war ein Schlag in die Magengrube. Okay, natürlich hatte ich es kommen sehen. Ich hatte mir insgeheim sogar vorgestellt, wie es ablaufen würde, aber *so* hatte ich es mir nie vorgestellt – also dass es von Nat ausgehen würde.

»Was meinst du?« Sie blinzelte gegen die Sonne an und hielt sich eine Hand vor die Augen.

War das jetzt eine Fangfrage? »Ich denke, du hast recht«, sagte ich und sah sie argwöhnisch von der Seite an.

»Super.«

»Jetzt im Ernst?« Ich suchte ihr Gesicht nach Anzeichen für Traurigkeit oder Bedauern ab. »Findest du es wirklich super, dass wir uns trennen?«

»Na ja, immerhin haben wir seit Wochen nicht mehr miteinander geredet.«

Das stimmte zwar, aber die ausbleibenden Tränen und Szenen verwirrten mich. »Nat, es tut mir leid, dass ...« Dass was? Wofür entschuldigte ich mich? Dafür, dass ich ein untreues Arschloch war? Ich hätte ihr gern gesagt, dass wir das nach anderthalb Jahren Beziehung doch irgendwie wieder hinkriegen könnten, aber ... »Ich wünschte einfach, das mit uns wäre anders gelaufen.« Das war zwar richtig, aber irgendwie trotzdem nicht das, was ich empfand. Ich hatte immer gedacht, wenn wir an diesen Punkt kämen, würden wir mit Pauken und Trompeten untergehen.

Sie nickte. »Schnee von gestern.«

Schnee von gestern? Das sollte das ungeschliffene, echte, emotionale Mädchen sein, in das ich mich Hals über Kopf verliebt hatte? Die Wilde, die mich mit ihrem »Pearl Jam ist das Geilste überhaupt, Dan!«-Geschrei so fasziniert hatte? Die freche Schnute, die nie ein Blatt vor den Mund nahm und nur nach Gefühl lebte und starb? Von *ihr* wollte ich mich verabschieden.

»Ich werde dich vermissen«, sagte ich, und es war ehrlich gemeint, aber sie erwiderte es nicht.

Also nahm ich sie in den Arm.

Das war das Einzige, was mir einfiel.

Sie drückte mich nur schwach zurück. »Ich muss jetzt los. Ich bin mit Lex um fünf im The Grove verabredet.«

»Okay.« Ich war verwirrt und verzweifelt und wollte irgendwie nicht loslassen. »Bist du sicher?«

»Ganz sicher.«

»Aber wir bleiben Freunde?«

»Na klar«, sagte sie und stapfte davon.

Es tat weh. »Warte!«, schrie ich ihr hinterher, aber sie blieb nicht stehen. Sie ging immer weiter und drehte sich kein einziges Mal mehr nach mir um.

E-Mail, Samstag, 8. April 2017, 12:50 Uhr

Von: Mae Fierro

An: Michael Fierro

Hey du,

mit unserer Tochter stimmt was nicht. Ich bin zu 95% sicher, dass sie und Dan Schluss gemacht haben, sie ist nämlich seit Mittwoch kaum aus ihrem Zimmer rausgekommen und will nichts essen, nicht mal Frühlingsrollen von Katsu-Ya. Alexa kommt immer wieder vorbei, bringt ihr Blumen und tütenweise Billigkram aus dem 99-Cent-Shop, auf den sie in dem Alter so stehen. Soll ich versuchen, ob ich noch diese Woche einen Termin für sie bei Ginsberg kriege? Oder vielleicht bei einem Therapeuten? Hat deine Mutter nicht einen guten auf der Westside? Hab auch überlegt, ob ich Keri nach ihrem Schamanenheiler fragen soll, aber wahrscheinlich wärst du stinksauer, wenn ich unser Kind zu einem Hexenmeister schleppe, während du in Tokio bist. Könntest du morgen vor dem Rückflug noch ein paar von diesen speziellen Bohnenkeksen kaufen? Du weißt ja, wie sie auf japanische Snacks abfährt.

X, M

Dan, 16:15 Uhr

Ich knie gerade in der Eingangshalle der Dayview und krame in meiner Kameratasche nach einer zusätzlichen Speicherkarte, als plötzlich …

»Dan?«

Ich schaue hoch. Arthur, Sicherheitsmann an der Dayview, wedelt mit einem dünnen braunen Umschlag über meinem Kopf herum. »Hey, Mann.«

»Natalie hat das vorhin für dich abgegeben.«

Mein Herz rast. Das ist es, endlich, ich spüre es: Natalies Schwanengesang, der Höhepunkt, den ich bisher so schmerzlich vermisst habe. »Natalie war hier?«

»Ja, vor ungefähr einer Stunde.« Er reicht mir den Umschlag. »Ich soll dir ausrichten, dass sie dir viel Glück wünscht.«

Ein eisiger Schauer kriecht mir die Wirbelsäule hoch. Ich stehe auf, klemme den Umschlag unter die Klappe meiner Tasche und schüttele Arthur die Hand.

»Du kannst schon mal in die Aula gehen. Die bauen da gerade die Stühle auf.«

Es ist noch früh, nur wenige Familien sind schon eingetroffen. Ein paar Leute vom Ordnungsdienst der Schule bauen auf, so wie Arthur gesagt hat, und neben dem Ausgang steht ein bescheidener, improvisierter Imbissstand – ein Tisch mit einem Nylontuch darüber, auf dem sich Wasserflaschen und individuell verpackte Proteinsnacks befinden.

Ich taste in meiner Tasche nach Natalies Umschlag, dann wende ich mich an Jeanne Carey, die Schuldirektorin mit übermenschlichen Kräften, und frage, ob sie Ryan schon irgendwo gesehen hat.

Sie nickt begeistert und zeigt mit ihrem Klemmbrett zum Ausgang. »Er ist im Oberstufenraum bei den anderen und zieht sich um.«

Also verlasse ich die Aula wieder so, wie ich gekommen bin, über einen mit Teppich ausgelegten Flur und das Basketballfeld im Innenhof. Aber statt direkt zu Ryan zu gehen, husche ich in die nächstgelegene Jungstoilette, vergewissere mich – »Hallo?« –, dass niemand da ist, und schlüpfe dann in eine der Kabinen, um hektisch Natalies Umschlag herauszufischen. Er ist quadratisch und scharfkantig und viel zu dünn, um den üblichen Stapel Briefe zu enthalten. Ich reiße ihn mit zwei Händen auf, mein Atem stockt ein wenig.

Wieder ein Brief, natürlich.

Aber nur ein einziger.

Und dazu ein Keks. Einer dieser Cookies aus der Bäckerei in der Larchmont Street, die ich so gerne mag. Die Sorte, die Nat mir immer mitgebracht hat, wenn wir uns an der Union Station trafen.

Ich lehne mich rücklings an die kühle steinerne Wand der Toilettenkabine und falte den Brief auseinander.

16

Dayview, Donnerstag, 18. Mai 2017, 15:33 Uhr

Los geht's, Dan, unser letzter Vorhang!

Bist du bereit für die finale Verbeugung? Für den stürmischen und dröhnenden Applaus der Massen?

Hey, das hast du dir verdient, Novio. Du hast im vergangenen Jahr eine Tony-Award-reife Performance hingelegt, hast den guten Samariter gespielt, den treuen Partner, den liebenden Sohn, den verlässlichen Freund.

Und was ist mit mir? Stehe ich an deiner Seite auf der Bühne, mache ich einen Knicks wie eine Debutschauspielerin oder eine Star-Mimin?

Denk scharf drüber nach, Dan, denn ich habe vor, mit einem Riesenknall abzutreten. Ich meine, wer kann schon einem dramatischen Abgang widerstehen? Ich jedenfalls nicht. Ich arbeite im Moment wie eine Wahn-

sinnige an unserem neuen Schluss – und er ist interaktiv! Also, bist du dabei?

Es war irgendwann Ende Februar, zu einer Zeit, als wir immer noch wie verrückt vögelten, als Sex der Billigkleber war, der uns zusammenhielt. Auf einmal sagtest du: »Kann ich uns dabei filmen?«

Beim Vögeln filmen. Wir waren schon mittendrin und jetzt wolltest du uns filmen, wie wir nackt und verletzlich zusammenlagen und einander obszöne Sachen antaten. In meinem Bauch leuchtete ein riesiges NEIN! auf, aber da war dieses verdammte BLITZEN in deinen Augen, Dan. Du hast mir mit einem spitzbübischen Lächeln übers Haar gestrichen, du warst so erregt und so scharf auf mich wie schon lange nicht mehr, und so sagte ich nicht das, was ich eigentlich hatte sagen wollen, nämlich AUF KEINEN FALL, sondern: »Was meinst du damit? Jetzt auf der Stelle?«

»Ja, ich hab meine Kamera dabei.«

Mir wurde ganz anders. Man hörte doch ständig von solchen Sachen, die gnadenlos in die Hose gegangen sind: Sexvideos von irgendwelchen Promis, die ungefragt ins Netz gestellt wurden, High-School-Nobodys, die plötzlich mit Orgasmusgesicht oder nackten Brüsten auf Porn Hub oder RedTube auftauchten … Ich hatte weder Lust, zur

Internet-Schlampe zu mutieren, noch hatte ich Interesse daran, dass meine Altersgenossen mich schwach und ausgeliefert sahen, aber (und das ist ein richtig großes ABER, Dan) ich wollte dir gefällig sein. Ich wünschte mir VERZWEIFELT, dass du bei mir bleibst. Bisher hatte ich mich noch nie als jämmerlichen, willenlosen Fußabstreifer gesehen, aber unsere Beziehung hatte mich in der letzten Zeit in ein Häuflein Elend verwandelt, und auch wenn du mich vielleicht nicht mehr so geliebt hast wie am Anfang – auf jeden Fall wolltest du immer noch Sex mit mir haben, also würde ich dir geben, was du wolltest. Auch wenn das hieß, sich dabei filmen zu lassen. »Vielleicht …«, sagte ich.

»Vielleicht?«

»Ja, aber … wieso möchtest du das eigentlich?«

»Findest du die Vorstellung denn nicht auch heiß?«

»Hm, irgendwie schon …«

»Und wir könnten uns hinterher den Film angucken.«

»Ich bin nicht sicher, ob ich mich selber beim Sex sehen will.«

»Aber du bist so sexy«, schnurrtest du mir verführerisch ins Ohr. Wohin war mein unschuldig reiner, jungfräulicher Freund plötzlich verschwunden?

»Aber du musst mir schwören, dass du den Film niemals jemand anders zeigst.«

»Und wenn wir ihn irgendwann zusammen mit unseren Enkelkindern sehen wollen?«

Ich verpasste dir lachend eine Ohrfeige. »Versprich es!«

»Okay, ich verspreche es.«

»Nein, ich meine das wirklich ERNST, Dan.«

»Ich schwör's«, sagtest du, und es hörte sich ehrlich an, aber ich fuhr trotzdem fort: »Okay, aber du darfst auch nicht vor deinen Kumpels damit herumprahlen.« Ich senkte die Stimme. »Also nichts von wegen ›Hey, ich hab ein Sexvideo gedreht.‹«

Es fühlte sich gut an, dass du auch lachen musstest. So hatten wir schon seit Ewigkeiten nicht mehr zusammen gelacht.

Also dachte ich, ich könnte das schaffen. Es wäre wie Kunst, nur schmutziger. »Also gut«, lenkte ich ein. »Klar, warum nicht?«

Du warst total aus dem Häuschen, weißt du noch? Du bist aus dem Bett gesprungen und hast die Kamera eingestellt, während ich aus meinen Klamotten schlüpfte. Und was dann passierte, war total irre und ein bisschen seltsam und zeitweise aufregend, aber auch peinlich, und als es vorbei war, fühlte ich mich merkwürdig, du aber nicht. Du wirktest groß und aufgeblasen, genau wie Kitty Carlisle, nachdem sie eine bemitleidenswerte Spinne zer-

quetscht hat, die eben noch träge und zufrieden über den Wohnzimmerboden gekrabbelt war.

Jetzt hattest du die Macht in der Hand.

Ich war die Beute.

Es war deine Kamera, deine Datei, du hattest die Kontrolle. Ich hatte nichts außer deinem Versprechen – das, wie ich inzwischen weiß, nichts wert ist.

Denn du hast es gebrochen, nicht wahr, Dan?

Und so hast du mich vernichtet.

Jetzt bin ich an der Reihe, dich zu vernichten.

Wir treffen uns um 16:30 Uhr am Schwimmbad auf der Eagle-Hill-Seite des Schulgeländes.

Wenn du nicht kommst, werde ich dich in den Boden stampfen.

Und zwar in aller Öffentlichkeit.

X, Natalie

Dan, 16:22 Uhr

VERDAMMTE SCHEISSE.

Was für ein verfickter Riesenfehler.

Wie konnte ich das übersehen?

Wie konnte ich so blöd sein? Die Zeichen waren alle da, ich hätte nur zwei und zwei zusammenzählen müssen.

»Hallo?«

Wie zum Teufel hat sie das rausgefunden?

Wieso hab ich Idiot damals überhaupt darauf bestanden, uns beim Sex zu filmen?

Was hat mir das gebracht? Eine halbe Stunde billige Geilheit? Wichsmaterial für eine Woche?

»Natalie?«

Es war ein Ausrutscher. Eine einzige falsche Bewegung. Ein sorgloser Mausklick, und schon hatte ich genau das getan, was ich *geschworen* hatte nicht zu tun: sie erniedrigen.

Sie bloßstellen.

»Nat, bist du da?«

Die Neonröhren flackern auf und Natalie tritt hinter einer Mauer aus grellmetallischen Umkleidekabinen hervor. »Buh«, sagt sie, und ich gefriere innerlich. Sie lächelt und sieht umwerfend aus, und ihre Augen blitzen vor rot glühendem Zorn, zwei Bernsteinbälle, die in dem blauen Licht tanzen, das sich im stillen Becken widerspiegelt.

»Hey«, sagt sie. Überdreht wippt sie von einem Fuß auf den anderen. »Hast du mich vermisst?«

Hab ich nicht, aber das kann ich ja wohl schlecht sagen, oder? Ihr Blick wandert zu meiner Tasche rüber, die mir bis tief auf die Hüfte hängt.

»Ist deine Kamera da drin?« Sie verliert keine Zeit. Hastig greife ich mit der Hand nach dem Riemen und lasse sie da liegen.

»Mach das bitte nicht«, flehe ich. Sie weiß, dass mir dieses Abschlussfest heute mehr bedeutet als alles andere. Dass Ryans Schulabschluss der entscheidende Teil meines Projekts ist. Dass meine Zukunft, mein Stipendium, mein komplettes SELBSTWERTGEFÜHL von diesem einen Ereignis abhängt. »Was auch immer du vorhast – du musst das nicht tun, okay? Das weißt du doch, oder? Lass uns in Ruhe drüber reden.«

»Gib mir einfach die Tasche, Dan.« Sie klingt ganz locker-leicht, gar nicht so, als wäre sie im Begriff, mein Leben zu zerstören, von der brandneuen, zwölfhundert Dollar teuren Ausrüstung mal ganz abgesehen.

»Das war keine Absicht«, platzt es aus mir heraus, um endlich zur Sache zu kommen. »Ich hatte Sorge, jemand könnte das Video auf meinem Rechner sehen, also hab ich ihm einen harmlosen Namen gegeben und in meinem Dayview-Ordner gespeichert. Und dann hab ich vor ein paar

Wochen einen Rohschnitt von meinem Ryan-Material zusammengestellt und an ein paar Freunde geschickt, um ihre Meinung einzuholen.« Ich zucke hilflos mit den Schultern. »Nur dass ich leider die falsche Datei losgeschickt hab. Ich hatte beide Dateien Espinosa zwei genannt, nur bei der einen Datei eine richtige zwei und bei der anderen eine römische Zahl benutzt.«

Sie geht mit keinem Wort darauf ein. Sie tritt nur wieder von einem Bein aufs andere, das Gesicht wie eine Statue. »Die Kamera, Dan.«

Ich überlege, ob ich abhauen sollte, aber ich weiß, dass sie mir einfach hinterherkommen und eine Möglichkeit finden würde, mich auf der Abschlussfeier in irgendeiner Form öffentlich hinzurichten. »Ich fühle mich schrecklich deswegen, Nat.«

»Ooooh!«, tat sie ganz mitleidig und machte einen Schmollmund. »Aber du kannst dir sicher denken, dass ich mich noch viel schrecklicher gefühlt habe.«

»Ich hab das Video doch nur an Whitman und ein paar andere geschickt.«

»NUR?«

»Und die haben alle geschworen, sie hätten es gelöscht.« Aber hatten sie das wirklich getan? Vielleicht hat ja auch einer von ihnen gelogen? Schließlich hat Nat ja irgendwie Wind davon bekommen. »Und wie genau hast du …?«

»Wie ich's rausgefunden habe?«

Ich nicke langsam. Hat ihr das jemand erzählt? Kann sie meine E-Mails aus der Zeit nach der Trennung immer noch einsehen?

»Die Elfe hat's mir gesagt.«

Mir fällt schier die Kinnlade herunter. *»Arielle?«*

»Cool, oder? Damit hättest du wohl nicht gerechnet.«

Ich erinnere mich an die Unterhaltung – Konfrontation? – mit Ari neulich. *Ich bin nicht diejenige, bei der du dich entschuldigen solltest.*

»Aber das kapier ich nicht«, sage ich. »Woher wusste Ari von dem Video?«

»Von Whitman, Dan. Er fand die Nummer zum Brüllen komisch.«

Ich zucke wie geschlagen zusammen. Ich schwöre, wenn Whitman jetzt hier wäre, würde ich ihn vermöbeln.

»Nat …« Ich wünschte mir nichts mehr, als die Zeit zurückdrehen und alles ungeschehen machen zu können, die Dateiverwechslung, das Video, meinen Ausrutscher mit Ruby … »Es tut mir so leid.«

»Ach was, halb so schlimm«, erwidert Nat mit beißendem Sarkasmus. »Immerhin hat deine süße Elfe sich wohl ganz heftig für mich eingesetzt. Anscheinend sind ihr die Augen aufgegangen, als sie uns auf dem Bildschirm beim Vögeln gesehen hat.«

»Ich wollte dich nie verletzen oder blamieren oder …«

»*Blamieren?*«, wiederholt sie, sichtlich angepisst. »Das ist ja wohl die Untertreibung des Jahrhunderts, meinst du nicht? In manchen Bundesstaaten ist das, was du getan hast, vermutlich sogar strafbar.« Ihre Augen sind groß, ihr Blick wirr.

»Es tut mir leid.«

»Hör auf damit.«

»Aber es stimmt.«

»Ist mir egal. Wann kapierst du endlich mal, wie widerlich du bist?«

In meinem ganzen Leben hab ich mich noch nie so schuldig gefühlt. Und mich so geschämt.

»Dan?«

»Ich weiß nicht, was ich noch sagen soll.«

Sie sieht mich lange an. Und dann weint sie plötzlich. »Ich hasse dich«, wispert sie. Ihre Wangen sind rot, ihr Kinn bebt.

Ich verspüre den überwältigenden Drang, sie in den Arm zu nehmen. »Was kann ich tun?«, frage ich matt.

»Verpiss dich!«

Ich stehe auf und gehe auf sie zu. Ich weiß, ich sollte das nicht tun. Ich weiß, ich bin derjenige, der ihr das angetan hat, aber ich kann einfach nicht anders. »Nat.«

Sie lässt sich an meine Brust fallen und schluchzt. Ich

streiche ihr über das Haar und rieche ihren süßen Duft und reibe ihr über den Rücken, während sie weint.

»Noch nie hat mir jemand so wehgetan«, sagt sie und benetzt mein Hemd mit Tränen und Wimpern. »Du hast mir das Herz gebrochen, Dan.«

Ich schlinge die Arme um sie und drücke sie, so fest ich kann.

Und da passiert es.

Als ich wehrlos bin.

Sie reißt mir die Tasche von der Schulter und schleudert meine Kamera ins Wasser.

»Natalie, nicht!«

Schon versinkt sie.

Und die Zeit bleibt fast stehen.

Brüllend stürze ich zum Schwimmbecken, meine Fäuste pumpen beim Rennen durch die Luft. Aber Nat packt mich am Hemd und zerrt mich zurück.

»Lass mich los!«, kreische ich, rutsche auf den nassen Fliesen aus und lande auf den Knien. Meine Jeans saugt das trübe Chlorwasser auf, in meinen Beinen tobt ein plötzlicher, pochender Schmerz.

»Ich musste das tun«, sagt Natalie leise und beugt sich herunter, um mir entschuldigend in die Augen zu sehen. »Ich musste das mit uns wieder in Ordnung bringen, verstehst du? Jetzt sind wir quitt.«

Aufgelöst, gebrochen, rolle ich mich auf den Hintern, in meinen Augen brennen die Tränen der Niederlage.

»Weinst du etwa?«, fragt Nat ungläubig.

»Nein.« Aber ja, ich weine. Ich bin total am Ende, verdammt noch mal.

Ich atme ein.

Sie atmet aus.

Unsere Arme streifen sich leicht, während wir den Kräuselwellen im Becken zusehen.

»Ich habe dich so sehr geliebt«, sagt sie nach einer scheinbaren Ewigkeit, die Stimme schwer vor unterdrückten Schluchzern.

Ich schüttelte fassungslos den Kopf. Alles, wofür ich so hart gearbeitet habe, der Höhepunkt meines Films, *meine ganze Zukunft* … Sie hat alles zerstört. Oder vielleicht hab ich das auch selbst getan. Meine Träume – untergegangen im Schwimmbad der Eagle Hill. »Wir haben uns gegenseitig vernichtet.«

Nat blinzelt mich an.

»Nein, ich meine das ernst.« Ich fahre mir mit einer Hand übers Gesicht. »Wir haben uns gegenseitig in Grund und Boden gestampft.«

Sie lächelt traurig, dann legt sie den Kopf an meine Schulter. Und es fühlt sich gut an. Was mich sofort zu der Überzeugung bringt, dass ich *absolut* verkorkst bin.

»Dan?«

»Ja?«

»Bist du jetzt mit Ruby zusammen?«

Ich verziehe reumütig das Gesicht. »Nein, Nat. Ich bin nicht mit Ruby zusammen.«

Eine Weile starren wir beide ins Leere. Dann steht Nat auf und schaut auf ihr Handy. »Es ist gleich fünf«, sagt sie und sieht mich von der Seite an. Ihr Gesicht gleicht einer merkwürdigen, angstvollen Fratze. »Du solltest jetzt gehen und Jane und Ryan erklären, was mit deiner Kamera passiert ist.«

Ich knote meine Beine auseinander und stehe auf. »Vielleicht sollte ich erst mal meine Tasche aus dem Becken fischen. Mein Geldbeutel ist auch da drin.«

»Ach ja.« Sie beißt sich auf die Unterlippe und schaut sich um. »Ich hol dir mal einen Kescher. Du willst doch, dass ich dir helfe, oder?«

Wir blicken einander an, und ich frage mich, ob es das letzte Mal ist, dass wir uns sehen.

»Ja.« Schulterzuckend greife ich nach ihrer Hand und ziehe sie auf die Füße.

Textnachricht, Freitag, 19. Mai 2017, 15:36 Uhr, von Dan Jacobson an Ben Whitman

Du bist ein Arschloch, Whitman.

E-Mail, Mittwoch, 21. Juni 2017, 18:53 Uhr

Von: Jane Espinosa

An: Dan Jacobson

Wollte dir nur schnell das Neueste erzählen. Habe gerade einen Anruf von Cheryl Levine erhalten, vom Pegasus in Altadena. Sie geben Ryan das ganze nächste Jahr einen Tagesplatz dort. Wir sind total happy, Dan. Wir wollen das Freitagabend ein bisschen feiern, vielleicht magst du vorbeikommen? Es gibt Kuchen. Ryan würde sich bestimmt freuen, dich wiederzusehen.

Jane

Textnachricht, Montag, 3. Juli 2017, 12:02 Uhr, von Jessa Jacobson an Dan Jacobson

> Mir ist gerade Ruby über den Weg gelaufen, im Rite Aid in Westwood. Sie war mit dem Typen von der UCLA da, mit dem sie seit Neuestem zusammen ist. DIE WAREN AM KNUTSCHEN, MITTEN IN DER KOSMETIKABTEILUNG!!!!!

Chat, Mittwoch, 26. Juli 2017, 0:20 Uhr

N_Fierro:	Bin gerade heimgekommen. Die meiste Zeit haben wir uns über das Programm unterhalten und über unsere Vorbereitungen fürs MOCA. Er will später mal als Kurator arbeiten, und er scheint von meiner Arbeit total begeistert zu sein. Das find ich echt nett.
AlexaMcKay17:	Habt ihr euch geküsst?
N_Fierro:	Ja, das war auch nett.
AlexaMcKay17:	Nur nett?
N_Fierro:	Na ja, ich versuche im

Moment die Lebensfreude und Zufriedenheit eher in mir selbst zu finden.

AlexaMcKay17: Ha. Weise Worte, Buddha.

N_Fierro: Ich werde diesen Typen sowieso nie so wahnsinnig lieben, dass ich mich nach ihm verzehre und ihm in meiner rasenden Eifersucht einen sechzehnteiligen Schlussmach-Brief schreibe, der mit Sabotage, Herzschmerz und zerstörten Träumen endet.

AlxeMcKay17: Okaaay …

N_Fierro: Aber vielleicht ist das auch ganz gut so?

DANKSAGUNG

Mein unsterblicher Dank gilt Anica Rissi, meiner allerliebsten Freundin. Ohne dich und dein Genie würde es dieses Buch nicht geben, und ich werde dir bis in alle Ewigkeit dankbar sein für deine Hilfe, Großzügigkeit, Beratung und Ermunterung. Und außerdem dafür, dass du immer aufgeblieben bist, um mit mir endlose (und bodenlos tiefsinnige) nächtliche Gespräche über den Text zu führen.

Danke an meinen klugen, einfühlsamen Lektor Alex Arnold. Die Zusammenarbeit mit dir während des vergangenen Jahres war ein unglaublich inspirierendes, erfüllendes Erlebnis für mich. Ich habe großes Glück, mit jemandem zusammenarbeiten zu dürfen, der mich versteht und die vertrackte, aufregende, raue und doch gewitzte Art von Liebesroman, die ich gern schreibe, zu schätzen weiß.

Du hast mir geholfen, die Geschichte von Natalie und Dan überzeugender, authentischer und wahrer zu gestalten.

Danke an meine Agentin Jen Rofé. Danke für deine Freundschaft und deine weisen Ratschläge. Ich könnte mir nicht vorstellen, das alles ohne dich an meiner Seite zu schaffen.

Dankbare, liebevolle Grüße an Francesca Lia Block, die dieses Buch gleich zweimal gelesen hat. Ich bin so froh, dich zu kennen.

Jade Chang, Adeline Colangelo und Milly Sanders – danke, dass ihr immer alles probelest, was ich schreibe, danke für euer Feedback und eure klugen Änderungsvorschläge. Ohne die Hilfe und Anleitung von Autoren und Freunden wie euch wäre ich komplett verloren.

Danke an die unfassbar großartige Künstlerin Amanda Yates Garcia, die mir geholfen hat, Natalies Aufstieg als junges Talent in der Kunstszene von L. A. nachzuzeichnen.

Danke an Sue Anne Kaples, Direktorin der Sunrise School von Sherman Oaks, für die tolle Führung durch die Schule, bei der ich Schüler und Lehrer kennenlernen durfte, und für die detaillierte Auflistung eines Durchschnittstages im Leben eines Sunrise-Schülers. Ohne Ihre großmütige Hilfe hätte ich die Dayview niemals so genau beschreiben können.

Danke an Katherine Tegen und das gesamte Team von KT Books. Ich weiß euer Engagement, eure harte Arbeit und Unterstützung von ganzem Herzen zu schätzen.

Mein allerletzter Dank geht an meinen Vater, Ken Strasnick. Ich bin so glücklich, deine Tochter sein zu dürfen.

© Jessie Weinberg

Lauren Strasnick wuchs in Connecticut, USA, auf und lebt heute in Los Angeles, Kalifornien. Sie hat am Emerson College und am California Institute of the Arts studiert und gibt inzwischen selbst Literaturkurse in L. A. Sie hat bisher vier Bücher veröffentlicht, die in vier Sprachen übersetzt wurden. In Deutschland ist von ihr bereits »Keiner wie du« erschienen.